借一段有你的時光

我們用青春打造的 城市風景

法呢——著・攝影
city flaneurs

序

每一個人的故事都是特別的

最一開始在台北找房子，大概是在二〇一四，印象中是個論文要交不交、兵單要來不來的日子。打著一份三十K的工，與當時的伴侶，擠在一間永和快到中和的頂樓公寓。

六點四十五分的巷口蛋餅、六點五十五分的二七五號公車；每天的福和橋，連結了我和每個光彩奪目的台北日子。晚上九點半，老舊公寓的紅色扶手樓梯、昏暗的白熾燈拾階而上，五樓的紅色大門上面有隻震武的雄獅，守護著這一家子裡互不往來的遊魂。

跟室友鮮有互動。客廳堆了房東壞掉的電視機、沙發的灰塵積了一層、不知道誰家裡寄來的電鍋一直擱著。我不知道隔壁室友的名字、職業、身分背景，我們的互動，建立在每一期的水電費帳單，以及浴室排水孔堆積的毛髮上。

「啊，原來你三十歲了呀。」我一直以為我會在那個小空間待很久，直到某天和室友突然聊起他的故事。

如果沒有辦法認真想清楚一個目標，那麼不管再糟的環境，也不會成為離開的推力；唯有吸引人的拉力出現時，才有機會，帶我們離開現在這地方。

「三十歲的時候，如果自己還在這裡，我一定會後悔。」

當591上的房東阿姨領著我們，打開房間大門的那個當下，我們是否對未來產生了期待？我要買很多的鹿角蕨和龜背芋，放在有陽光的那個角落，一旁擱著擠得下很多人的L型沙發，打上溫黃的落地照明，共度許多台北清冷與挫折的夜晚。

或許就是不想自己一個人生活吧，當時和朋友創立了玖樓共生公寓。可能是受夠了以前室友互不往來的日子，兄弟爬山、各自努力，這不該是我們這些已經輸在起跑點的外地人，應該繼續忍耐的現實。

家裡應該要是個不打烊的咖啡廳。坐得下八個人的大長桌我們各據一方，剛下班的英文老師在追劇；準備新創公司面試的妹妹正在修改簡報，打探隔壁設計師排版的秘訣；抱著一袋超市食材剛進門的藥廠業務，把洋蔥、番茄、生菜放在一旁的砧板，準備大顯身手。

當我們租了一個空白的房間，接著慢慢把家具妝點成色、找到共同努力的夥伴、把日子填滿了內容。這座城市的每個人都有病，我們要的不過是一些，回到家之後能夠被接住的感覺；有人留一盞燈，給晚歸的自己。

三、四年來在同樣的模式下，我們經營了數十間公寓，前前後後大概住了四、五百人。有的人來念書、有些人有想要實踐的計畫，也有一些外國人來學中文、有的則是來體驗台北的深度與文化。

他們有些人在公寓裡扮演媽媽的角色，教導大家生活的技能；有些人是天生的活動咖，有著用不完的精力招呼大家上山下海；也有些人身懷絕技，開拓大家對這個世界的想像；更多的人則是常常加班到半夜，在群組裡問大家要不要幫忙帶宵夜。

相較以前的日子，這幾年的生活彷彿被快轉了。最喜歡跟著同房室友聊天到半夜的日子，我們把彼此赤裸的後台攤在夜幕的小燈下，明明只是萍水相逢的室友，卻嫁接了最多的想法，給最彷徨的自己。

我們在台北租一個房子，也在台北租一種生活。看著大家幾年的來來去去，不管是十八歲、二十五歲、三十歲，每一個人都用那個年紀的知識與累積的生活經驗，去面對剛來到台北的挫折與快樂，不管是感情上、經濟獨立、與家裡的關係。

這本書章節排序依著故事的年齡遞增，其實就是希望每一個剛來到城市打拚的人，不管是十八歲、二十五歲，不管待了半年、一年，甚至是五年、十年，當遇到困難時，能因為書裡的故事有多一點的勇氣、能在這裡走得更長遠一點。

當撕去了室友、房客的標籤後，我們每一個人的故事都是特別的。

目次

輯一 後來的故事

輯二

留住那些匆匆走過的風景

輯三　愛上的都是曾經，遺忘的都是幸福

輯四

閃亮的時刻，是為了證明一開始的決定

輯一

後來的故事

Chapter

1

十五秒・十五年

捷運站情侶／18歲／男／大學生

那天文湖線的日落特別美，鏡頭倚著車窗，南港展覽館一路向北，等著最美好的角度。

結果夕陽沒等到，對向的車子就進站了。準備收起相機的剎那，一對高中情侶出現在對面的月台，不偏不倚地剛好落在對側的幕門，構圖的正中央。

喜歡他們眼神裡的對方，除了課業以外，那大概就是全世界了。喜歡他們掉在腳邊的書包，除了愛情之外，大概沒有什麼東西放不下了。

拍到喜歡的照片，嘴巴講講都是運氣，但哪一次不是做好了準備。

捷運駛離月台，腦海裡浮現的第一個畫面是十五年前的初戀，最年輕的一段愛情，最義無反顧的關係。直到今日，時間流轉之下還是背得出他的電話號碼、午休不睡覺躲在抽屜等著簡訊的酸澀、彼此開始用名字叫對方的那一刻。

沒想到在月台短短十五秒的時間，撞見了十五年前的自己。

兩個人的滿腔熱血，後來一個人的遍體鱗傷。

現代社會的流動挑戰著永恆的關係。人際的紐帶互有牽連，但不再緊扣，隨時可能鬆綁，每個時刻都是新的開始。我們熟練地隱匿在這座城市的流動裡，我們想念好多小時候的事物。

還記得在那之後我就上台北念書了。幾年的時光流淌，脾氣從硬的漸漸變軟，心卻漸漸地由軟變硬。年復一年的磨練和挑戰，在不斷地分析質疑、重新建構之下，學會知書達禮，也學會了保護自己。

第一段感情不一定最認真，卻一定入心最深。我們是在補習班認識，一週只能見一次面，在那個預付卡的年代，一個星期的話費五百塊，可都是每天晚餐省吃儉用來的。那時候不太理解愛情的全貌，只記得手機顯示「您有一封未讀的簡訊」嘴角都會笑；那時候哪曉得以後的世界自己有多渺小，可至今還是會想念那個全心全意的擁抱。

遇見喜歡的人，嘴巴講講都是運氣，但哪一次不也都是做好了準備。耗盡真心與力氣地照顧一段關係，最後也只能感動自己，才知道每段過去的故事，都會成為現在的調適。

分開的理由很荒謬不想再提，埋在心裡的小盒子至今多少還是有些感受。過程裡有學習、有成長，沒有什麼事情過不去，只有回不去。看著那些人流湧動的街角路口，繁華光下的人來人往，你來了就敞開懷抱，一句好久不見；你走了就點頭微笑，願你一切安好。

在關係裡雖然不能預期，但不能忘記。

準備好前往下一站，我的車要開走了。有緣的話……再說囉。

葫
洲
HUZHOU

Chapter

2

向左轉或向右轉

我／18歲／男／大學生

那個路口的紅綠燈，是來台北後第一次感到困頓，我不知道該左轉去系館準備期末考，還是右轉去ＫＴＶ參加他的生日派對。

我念的大學有超過一半的同學是台北人，其中大多來自前幾志願的高中，他們或多或少以前就認識，只不過總算在同個校園一起上課。對北漂的大一生來說，除了適應台北光鮮亮麗的大城市生活，更重要的是如何打進各個小圈圈，唱歌有人揪、課堂分組有人罩，別在一開始就落後別人太多。

當時一個月的生活費，扣除住宿是九千元，換算下來一天三百塊，這些預算要能支應三餐、日用品、交通費。這對於第一次離開家、練習經濟獨立的我來說，那些在月底靠吐司和果醬果腹的回憶，至今還是令人印象深刻。平時午、晚餐多與自助餐為伍，在餐盤上計較著一百克十四、十五元的分量，有時候看著台北同學常常能在學校周邊的簡餐店消費，還是挺羨慕的。（他們沒有早餐跟晚餐要張羅啊。）

最令人無法招架的，是慶生會。我的那一群死黨們，生日大多集中在上學期，三不五時的唱歌聚會、生日禮物，幾次累積下來特別能感受到大城市生活的壓力。

記得那天是大一上的一月十三日，上學期的最後一場生日聚會，也是期末考的前一個週末。在冬季綿綿細雨的台北街頭，從宿舍要往學校的基隆路長興街口，我遲疑了。

我打了一通電話回家，跟爸媽訴苦。我不知道該往哪邊走，我到底該要維繫朋友之間的關係，還是應該好好面對自己的課業，還有現實到不能再現實的經濟壓力。

「有時候不一定要到場參與啊！送個橘子，禮到人不到，也算是聊表心意了。」爸爸的一番話，讓我好氣又好笑。都什麼年代了，哪有人生日在送橘子的？

那是一個有點曖昧的十八歲，不那麼成熟但也不再幼稚，沒什麼能耐卻有極大的抱負。三分鐘的熱血，太多事情理不清楚，充塞著亂七八糟的情緒。三不五時沒來由的憂鬱發作，用時間消耗自我安慰的面具。

年輕時總說台北的猖狂沒能容下你，大學時爸媽說那是機會與繁榮，走過才知道留下來需要的絕不只是勇氣。但說透了這幾年唯一佩服的人也就是自己，即使是做蠢事，也都還是那麼地用心。

我們知道自己不是沒有朋友，也不是真的多傷感。有時就只是想念以前高中時的朋友，那種平凡的陪伴。肚子不餓也要一起去福利社，沒事放空也要一起去上廁所，在所有的自私與自卑之下還是看得到彼此的優點，不必故作堅強假裝自己有多健全，因為我們的世界很小，我們的目標一致。

一旦上了大學到了台北，花花世界裡沒有太多理由逼著我們同行。城市的大小，關乎於認識了多少人。每接觸一個人，城市對我們而言就更大一些。這世上有太多地方沒去過，太多人沒見過，太多好吃的食物沒吃過，真正屬於我們的世界實際上還是很小的，就是那些我們去過的地方、品嘗過的美食、等待過的夕陽，還有那些在心底在乎我們的朋友。

一直要到後來開始賺錢，在那位同學家再次聚首，才想起當年是費了多少氣力，去維繫一段關係，去感謝那一個改變自己後來的當年。其實不單只是左轉與右轉的選擇，而是在要與不要的當下付出了情感、選擇了堅持，後來的那些故事才會一直被記著。

Chapter

3

練習獨立

鬱壘／18歲／男／重考生

鬱壘算是我遇過年紀最小的室友了，當時住在忠孝新生的公寓，準備大學重考。或許就是與他年齡不成比例的成熟，使他在過往來來去去的四、五百位室友裡，令人印象深刻。

他很早就來到台北，父母希望能給孩子更好的教育，那是鬱壘五年級的事情。剛到台北的他很不習慣，自己常常講出超乎同齡小孩會說的話，讓自己顯得異類。加上個性很硬只認是非對錯，少了一些人性的柔軟。和同齡的朋友聊起天，隨時都像要辯論開戰。

後來搬出來住，因為想認識新朋友，但又不喜歡目的性的社交；加上家裡有些狀況，雖然家人們的感情很好，但也因此造成家裡很多事很難去講。拉開一點距離，反而讓大家都有點空間。

在所有遇見的室友裡，台北人、原生家庭在台北的比例不低。有一位室友的家，和租屋處只離了兩站公車。原先他每天回家吃飯、睡覺，現在每個禮拜回家一、兩天，互動的頻率雖然降低，可是和家人對話的濃度卻提高了。因為時間寶貴，所以有意義的對話也變多了。

練習獨立，不單只有發生在北漂。

當時的狀況是，鬱壘大學沒考好，爸爸積極期待他重考，覺得不該讓高中三年學業荒廢。「爸爸一直想要給我們一個很好的未來，不難理解他為什麼把工作看得比家庭重要；可是卻不參與我們的生活，爸爸完全不了解這三年到底發生了什麼事情。」

當父親在孩子的生命經驗裡缺席，鬱壘漸漸不知道每次和他見面，除了報告生活之外要聊什麼。開始不能理解爸爸為了自己的人生努力了什麼，兩個人一見面就吵架，進而漸行漸遠。

重考的日子，對未來感到萬分恐懼。花了很多時間專注思考人生未來，不想為了達到別人的要求而生活，很怕自己成為一直滿足別人期待的人。生活陷入了兩難的選擇：不想考大學，覺得大學不是培養公民精神的地方；想去工作，但開始工作後發現生活完全被工作占據，留不得丁點時間思考。

幸好公寓裡還有一群室友。一開始入住時覺得很受挫，不知道怎麼打入大家的圈子。舊有的室友感情太好，融入他們有些困難，很多公共的事情、生活的文化要一直請教別人。

但經過一段時間後，漸漸會找到自己在這裡的角色。大家都希望能改變公寓，加入更多生活的元素，例如討論客廳想要怎麼改變，當自己開始參與很多事情，家裡就動起來了。室友除了打招呼以外的關心，甚至有組成另一個家庭的感覺。

在這樣的過程中，很多自己成長的焦慮，在其他室友哥哥、姊姊們的眼裡，都成為鬱壘在做決定時的資源與養分。

如果每個人都能在一開始練習獨立生活時，就被一群陌生人接住，經過每一個日常的潛移默化，應該是一件很幸福的事吧！

藥

Chapter

4

有一種自信叫做相信

Lin／20歲／女／餐廳實習生

來到台北實習前，Lin是個沒什麼信心的女孩，她在班上應該是屬於比較安靜的一群，不善於主動表達，也不太顯露自己的性格。

後來到了台北一〇一的一間法式餐廳實習，雖然是最菜的實習生，廚房的領班卻在第一個月鼓勵她：「妳很棒，每件事都有盡力去做，跟大家相處很好。」

受到大家的肯定，她多了很多自信。雖然是很簡單的讚美，可在這年頭卻相當令人感謝。他們珍惜、記得我們的才華、我們的時間、我們擁有的價值。他們相信我們擁有的一切，就是世界需要的一切。

實習時，Lin認識了一個男生，沒有誰追誰，他們彼此喜歡。在碧潭畔的椅子上，她因為疲憊而小心機地靠在他肩上。

「他突然轉頭，親了我一下。」她說，這是到了六十歲都還會記得的畫面。離開的時候，男生牽起了她的手，在一起的當下就是那麼剛好。

實習完，Lin就回學校了，回到原本那個讓人沒什麼信心的環境。雖然現在她有了男朋友，有人可以接納她的不安全感，但她還是覺得少了一點什麼。

真正改變人生的，是一通半夜三點的電話。那一天，Lin狀況很糟地打給男友。「妳有沒有想要跟我的另一個身分講話？」男友突然問起。

男友忽然就變聲了，Lin非常驚嚇。那時寒假已經過了兩星期，室友都已經回家，只剩下她在宿舍忙畢業製作。那個冬天很冷，可電話那端陌生的聲音讓Lin緊張地全身發熱，把整個棉被踢開，背上冷汗直流。

「妳為什麼要叫我出來？妳男朋友求我們出來跟妳說話，說妳太沒有自信。」那是來自另一個世界的聲音，不是鬼魂，是很多神明的聲音。

他們一直針對Lin個性上的弱點講了很多，包括不知道怎麼表達、旁人找不到方法與她親近，也教她很多改變現況的方法，找到自己的方向跟定位，甚至談到了很多她從來沒有跟男朋友講過的家庭環境，一切真實得讓她膽戰心驚。

「我從此以後不會出現了，因為我本來就不該出現。」這句話說完，男友恢復了自己的聲音。「你們剛剛說了什麼？」

雖然Lin的媽媽一直覺得男友在騙人，但那通電話，或許就是她脫胎換骨的契機。「至今還是覺得運氣很好吧，可以有這種經驗。」

人們有自己想相信的事，而真相只是其中之一。真相是什麼？有人說真相永遠只有一個；但更多的是我們相信什麼，什麼就是。

和Lin拍照和聊天的過程，幾乎感受不出她在學校裡經歷過的那些邊緣感。她說，自信是一種態度，是一種長時間給大家的感覺。「相信自己的人，說出來的話才會有自信。」

請盡
Please

Chapter

5

一路上要好好的

京都畢業生／22歲／女／祈禱的人

畢業的那個月心裡是很惶恐的，害怕走出這間學校的大門之後我什麼都不是了，害怕自己一轉身一場回憶一段青春什麼都過去了，害怕除了那些燦爛的畢業照之外我什麼都沒有了。

畢業的第三年，把生日當作一個最合理的理由，到京都放空。在這座滿是繽紛浴衣的城市裡，出現一套全黑畢業袍的女生，亮質的府綢配鮮紅滾白邊垂布，很難不吸引目光。

家人陪著她到京都旅遊，稚氣未脫的弟弟跟著媽媽在水池邊走跳，爸爸在為典雅的宮殿建築拍照。她一個人處在拜殿下，雙手合十參拜良久。

主祭神懂妳的全心投入，也了解妳的躊躇、妳的沉默，在這個屬於妳的時空裡。

畢業很難，不只是一個資格、一段時間。最難的那關在夜深人靜的時候自己最清楚，身體健康、找到好工作、心中的那個人。

小時候最喜歡講總算，總算放學了，總算畢業了，總算交男朋友了，天際遼闊，似乎所有的離別都是一種解脫。那個時候的日子很長、世界很大。長大後才知道，種種期待的如釋重負，才最使人惦念。沒有人會一直等在那，所有的各奔前程，難過的不是離別，而是沒有能好好告別。

很久很久以後，當我們在某個位子上，開始想念的或許不是那些人，而是一起努力揮灑的那段舊時光。

後來的傍晚，我一個人跑到了伏見稻荷大社。走在夜裡的千本鳥居，觀光客特別少、一個人心裡特別平靜，可以聽到貓頭鷹，還有夏夜晚風吹過龍貓森林的簌簌聲。前往山頂的夜路是一段未知的旅程，來回的兩小時不見太多人影。到底是要有多大的攝影堅持，才有勇氣一個人走在夜晚山林裡的墳墓地。

越往山頂，墳墓地越多，心裡也越毛。石磚上枯葉沙沙飄動、小動物穿過草叢、沿途光影搖曳，對未知的遠方感到焦慮，對終點的距離感到懷疑。

然後牠就這麼出現了，一隻路邊常見灰白相間的野貓。牠陪著我走了一小段，接下來的旅程因而有了安全感。

一直走也看不到盡頭在哪的話，其實慢慢走、繞繞路也挺好的。為了喜歡的貓，為了不期而遇，為了某個人啊。走在空無一人的夜晚，想想自己自從畢業以來的一路上，曾經咬牙奮力撐過了些什麼，又為了徬徨迷途，流下了哪些無助的眼淚呢？

也許我們在生活中常常是個弱者，特別是剛出社會的途中，總會遇到幾個無法說服自己的檻，或許也習慣了大多數的時間一個人挑戰未來。而過程裡最感謝的是那些在最害怕、無助的時候，迎面而來給予溫暖與陪伴的朋友們。

脫下畢業袍後，平淡如水的日子將要各自起飛。我們心裡都有數，卻也都有種滋味說不出口。不管後來跟主祭神許了什麼願，希望祂都能保佑妳一路上好好的。

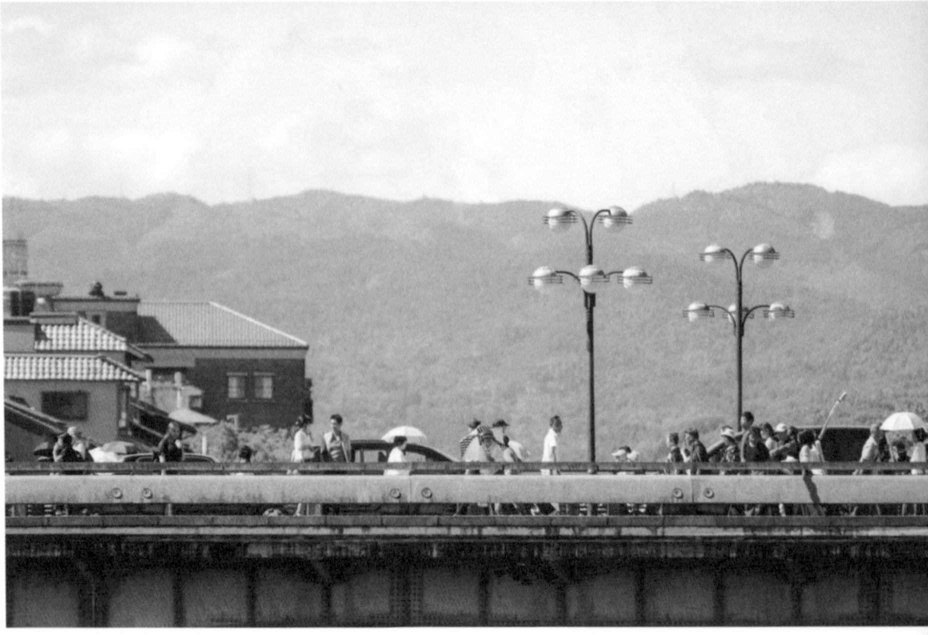

株式会社
株式会社
年七月吉日建之

Chapter

6

不追求完美，只求完整以對

小陌／22歲／女／網路作家

「當時剛被甩，想在網路上發篇文章洩憤、刷存在感，在他人言語中產生虛榮，但那很假。」

小陌在網路上的故事連載，算算應該也有一兩年了。最初，她以為在網路上可以讓離開的人看見思念、眷戀；但前兩個月就發現偏離初衷了，以為可以挽回些什麼，沒想到因此累積了許多的讀者。

偏離初衷不見得不好。如果不把故事寫下來，漸漸地就會忘了誰是誰；讓過去的那些風花雪月被寫下來，或許只是人生的一小部分，卻更能忘情地放下、遺忘。

「百度人」是她的專欄名稱，小陌從編號001開始，以數字排序每一段情感；或許是一百種度過青春的方式、一百種度過煩惱的解答。

每個人都有自己的方式處理情緒，情緒必須能放下，日子才能繼續往前走。不一定是在寫的過程中會得到放下或釋懷，我反倒是因為這本書的出版，回頭翻看起以前留下的字句，重新檢視自己在不同時期面對挫折、感情與世事的看法，有沒有不一樣。

在001到005之間，是小陌筆下與愛情初遇的時期，是願意放棄東西去追求愛的時期。我沒有問她那時大概是幾歲，許多畫面卻依稀在腦海裡到位，那些期待與無怨無悔、放棄，以及對後來的每一段情感所奠下的態度、價值觀。

在006到011之間，是最自私的時期，是放縱的玩樂，是不需要承諾、沒有約束，他人的感受與自己幾乎一點關係也沒有。在前一時期累積的傷，在某個時間後漸漸發酵；酒精的催化與液態的愛情，或許是一種對傳統價值的挑戰。

一直到012的出現，好像終有一個人能夠讓她停泊，接住她，讓感情再次值得相信。

「喜歡一個人、愛一個人之前，首要是先喜歡上自己，才有能力與精力去對別人、去喜歡他。」隨著文字的不斷刻劃，現在的小陌，已經變成一個喜歡自己的人。對她而言，每天早上起床照鏡子，沒有任何討厭這個人的感覺，就是喜歡自己的感覺。

不管狀況好或不好，都很認真把生活過好；好好吃飯、該睡就睡、該吃就吃、定時運動，追求感情以外的東西。然後好好地寫日記，回顧、看看自己都在做些什麼，想想每件事的意義，每當發現了一些價值，就在過程中發現自己喜歡自己。

「練習不因為感情不順就放棄生活，雖然會互相影響、但不至於互相崩塌。」雖然後來012還是離開了，小陌也因此掉得更深，她卻有了一些工具與方法，讓自己放慢腳步，找回自己的主體性，找尋自己究竟要成為哪樣的人。

面對未來可能的對象，漸漸地不追求完美，只求完整以對。雖然感情這條路還有得走，可只要有方向，看得到盡頭的，都不算遠。

Chapter

7

修不好的廟，修不好的關係

A／23歲／女／廟裡的神隱少女

「介意我進去前先抽根菸嗎？下去廟那邊就不能抽了。」和Ａ搭車上山，走進山門前她似乎有些情與怯。「因為那裡的人幾乎都認識我。」

第一次見面時，幾乎無法從亮麗的外表去理解Ａ，以及這座在木柵山上香火鼎盛的廟與她的關係，甚至是這個從小到大陪伴她長大的環境。

「怎麼有空回來？變漂亮了耶！」穿梭在寺殿間的小徑，我們在大殿旁的休息區喝茶、嗑瓜子。許多廟務人員看到Ａ，無不露出驚喜的神情。

Ａ很活潑自在地，拉著我介紹廟裡的組成與各個空間的機能，以及每個她打工過的地方。這個經驗很是抽離，對我來講，這是第一次深入了解一座廟宇從上到下的組成，例如謄打光明燈資訊的電腦室、影印間、下層廟務人員的宿舍、廟底山谷邊早期運送資材的廢棄鐵道，而不是拿幾炷香、要先從哪位神明開始拜。

Ａ的生父很早便離世，繼父同母親撫養Ａ長大。從小家境辛苦，好在這座廟的庇蔭下，父母於此工作讓家裡得以溫飽，一直到Ａ國中那年。

繼父的移情別戀，留下母親與Ａ相依；往後出現問題的不只是經濟，還有社會網絡的支持。父母之間的衝突，進而影響了廟裡叔叔、阿姨們看待Ａ的眼神與關係。頭腦聰明的Ａ依舊是廟裡那個大家喜愛的小女孩，可是對爸媽的改變，大家卻有著不同的認知。

「爸爸也是人，我得學習去接納他是一個平凡人。」小時候父母如山、如天，可隨著彼此年歲的增長，在某天我們終會發現，他們好像慢慢停留在某個時間裡了。Ａ什麼事也沒做，卻也因為爸爸的關係，廟裡有一部分的長輩與Ａ漸行漸遠；Ａ後來做了很多事，嘗試去填補那一塊心裡留下來的疤，一道多年以來父親離去的痕。

「這不是像現在遇到一些挫折，把頭髮剪了就好；你只能對自己說，以前長頭髮也很好看。」高中的時候，Ａ硬是念了內湖的一間私立女中，她是學校裡少數領有晚到證的同學。公車下山轉搭文湖線，早上六點出門，八點才會到學校。

因為離木柵夠遠。對Ａ而言，脫離了廟附近的國小、國中後，內湖每天兩個小時的距離，才撐得起那樣一種安全感，在一個沒有人認識的地方，開始新的生活。

剛離開木柵的Ａ，在心裡建了一座很高的牆，她把山上的故事包裹起來，不讓大家知道，因為她知道沒有人會幫助她。在廟裡，爸爸離開後，一百多人都沒有幫過Ａ的媽媽；不等量的工作分配、指指點點，有次Ａ終於看不下去，衝去罵其中一個人，卻落得母親數落。

「妳這樣做，人家會說我怎麼教小孩的。」

「這座廟永遠修不好，就跟我們家一樣。」走著走著，山上開始下雨了。

沿著濕溽的台階而下，回頭再望這座山上的大廟一眼，輝煌且色彩繽紛，夾雜著新增的擴建工程與舊式的古色古香。

回程前往正門的路上是一段很長的階梯，兩旁是扶疏的草木，錯落著些許低矮的石像；在抵達公車候車亭的前五百公尺，是一段有著遮雨棚的商店街，掛著一排紅色燈籠，接近傍晚的時間，兩旁的店家稀稀落落，有一些香客在店裡消費。

同時回想起A以前所住的地下三層房間、穿著制服來來去去的廟務人員、對A露出關愛微笑的阿姨、閉著眼睛嘴巴念念有詞的信眾……

這才意識到眼前的A，活像是電影《神隱少女》裡的白龍；我，是宮崎駿筆下那個不小心誤闖了湯婆婆湯屋的千尋；而整座富麗堂皇的廟宇，則是提供四面八方的香客，前來洗滌心靈的神聖空間。

「曾經有一個時期，我也很想遇到像千尋一樣的人，讓我知道我離他們很近。」從國小一直到大學畢業，A的世界一直是由這座廟圍繞著所建構的場景，這裡的組織分工、慶典儀式、權力結構、打工日常，高中同學不懂、大學同學不懂、男朋友也不一定能夠想像。

我（千尋）從小在一個所謂「正常」的社會長大，家裡父母、學校管教的那一套，以及社會對我的期待，兢兢業業，這些建構了熟悉的第一世界；而A

（白龍）呢？一個忘記自己名字的聰明小孩，寄生於此，廟裡的種種形成了她的第一世界，可她心裡的那堵高牆之外，還有她的學校、同學，是她多年努力學習適應的第二世界、所謂的「正常」社會。

我們搭著公車回到政大，望著山下的燈火。坐在公車上，車裡很平靜，可是我的內心卻無法停止思考，就像電影剛散場一般，在座位上久久不能起身。

我是誰？我要去哪裡？

91

Chapter 8

過去的並不都會過去

H／22歲／女／大學生

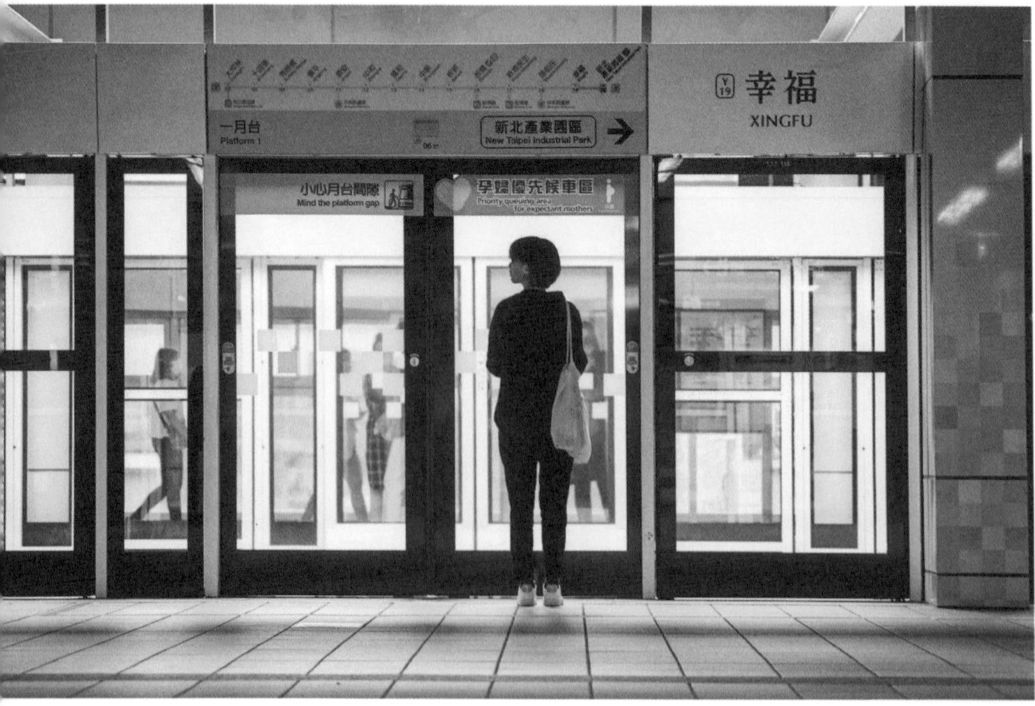

「我問觀音今年的感情會不會順利？最近剛分手。」

H不是一個篤信宗教的人，感受不到幸運卻也稱不上不幸的二十幾年人生，並沒有什麼讓她信神的契機，她懷疑神的存在就像懷疑宇宙是否有邊際。只有某些時候，她會需要神的存在來保護自己不那麼受傷，像是夜半怕鬼、大考臨頭、親人生病的時候。

縱觀她的人生，這些時候神大概都在。

從來沒有鬼壓過她的床、不太費力地考上名校、三代親人都安然無恙，所以即便她懷疑，也不得不承認所謂的「冥冥之中」。而此刻，她正在努力「理解」天意，就像她身旁這些善男信女。

站在台北萬華艋舺龍山寺的拜殿，H雙手合十把籤詩夾在手掌中間，注視正殿裡因為距離而面色模糊的主神觀世音，然後閉目彎腰，鞠躬，鞠躬，再鞠躬。

其實身旁不只善男信女。身穿黑紗的人手持經文反覆唸誦，還有許多手持線香、正在尋求指引的人。尋求指引的人約略可以分為兩種，一種是好奇心旺盛的觀光客，四處張望，尋找哪裡有熟悉的文字或語言，可以帶他們走完正確的參觀路線。另一種則是心事重重的善男信女，熟練地洗好水果擺上紅盤，跨過門檻，不忘阿嬤說過的禮俗，進青龍的口、出白虎的厄。

善男信女大多有備而來，他們懷著心中的擔憂與困惑，輕則求神庇佑，重則盼神指引方向，回禮要多貴重也都心裡有數。

人生沒有跨不過的檻，只有跨不完的檻。你問你的神為何普渡眾生，人來人往卻不渡你？世界走得太匆，旁人笑容太空，自己孤獨太重，夜裡回憶太多。祈禱現實不要太餓，把夢也給吃了。我想老天能夠了解，當時間過去了為什麼我們還在這裡；那些過去並不會都過去，有些檻在我們心裡，永遠過不去。

沒有很常來，但每次踏進廟裡總是有種信任感、歸屬感，還有在三川殿下繚繞的安全感。人潮熙來攘往但我知道，祢懂我的全心投入，也了解我的躊躇、我的沉默，在這個屬於我們的時空。

H知道自己此刻必須，承認神的存在。

如果要和神明提案求助，會是什麼呢？在拜殿下，每個人五分鐘，講一個不大不小的夢，過去、現在，與未來展望。作為本宇宙最大創投，蒐集了這麼多願望，觀世音菩薩最後會選擇哪些人呢？

求了一些解答，H把籤詩仔細對摺成四等分握在手中，走向等待解籤的人們。長長的排隊人龍，解籤的志工看起來焦躁不安。同一支籤詩，已經不知道說了幾輪，每回碰到的問題都大同小異，健康、家庭、事業或愛情，諸如此類云云，讓他不禁慨歎人們的生活難題怎會如此相似。同樣的問題，多年來都沒有訴諸天意以外的解答。

後來那些千篇一律的困境，逐漸訓練出他見微知著的能力。面對像H這樣的感情問題，他似乎發展出了一套說法，來應付這些搞不清人生課題輕重緩急的年輕人：他們既討厭長大的感覺，卻又期待對方把自己當成大人對待。

第六十三首：黃孝子萬里尋親

昔日行船失了針，今朝依舊海中尋；若還尋得原針在，也費工夫也費心。

「你就是自己現在也搞不清楚方向啊，這個籤詩的意思。」就算失而復得，也不是就此畫下幸福完美的句點，日後仍需像「孝子」為之勞心費力照料。

H走出龍山寺，順手把籤詩收進長夾。她不確定現在的感覺稱不稱得上後悔，大概跟看了氣象預報之後決定不帶傘，卻會遇到下雨天的心情有點像。她心裡下起了毛毛雨。

也費工夫也費心，是嗎……

Chapter

9

冒險的路上

小千／23歲／女／出版業

「輕小說的存在正在荼毒文學，台灣人只想要淺白的對話、肉慾、浮生日常，我們已經無法閱讀艱澀的文學，從裡面提取精華。」

第一次和小千見面是在她的母校，前一份工作剛離職，在一間出版社。離開大學剛滿一年的她，講話的語速和自信充斥著對社會的抱負，一包菸抽完，也捻不熄她對世界的正義感。

小千是我第一個訪談的對象，坐下來的第一句話劈頭直擊我心，腦中的跑馬燈快速浮現誠品暢銷排行榜的大眾文學作品，歷歷在目、不勝枚舉。

小千的第一個案子，嘗試要引進對岸新銳作家的知名武俠小說。這位近代中國武俠文壇佼佼者的幾本代表作，影響對岸九〇後的年輕人們至深，可謂擲地有聲。

這套小說在文學界有著不低的評價。雖是武俠小說的背景，但南征北討的漂泊、異地打拚的挑戰，種種元素卻真實反映著年輕世代的焦慮與投射：大城市的離鄉背井、網路時代的白手起家，人人都有機會，還有一點青澀的愛情。以二十幾歲時的寫作功力，這位新銳作家的起跑點是不會輸給金庸的。

後來的他大紅大紫，有車有房，登上頂峰，系列作品卻未完待續，空留下讀者的期待。有人說，他再也寫不下去了。

「他其實已經寫完了。」小千以一種過來人的語氣說道。「對作者而言，小說的內容與架構早已在心裡演練了千百次，這本書已經寫完了。」

可是在二十幾歲、我們還年輕時，我們不知道自己寫的、所創造的世界觀，到底有沒有辦法創造影響力。就像很多事情剛開始的時候，我們都渴望名利，但這在開始努力的前幾年是完全得不到的。

最終，小千還未見到這本書的出版就離職了。其實我們心裡很清楚，縱使這本武俠小說在對岸甚有影響力，在台灣，我們已經撐不起這般文學的重量了。

肯吃苦、肯努力就有收穫的黃金年代，內化為上一輩無法忘卻的驕傲，也是這一代年輕人無法卸下的包袱；我們做著白手起家的夢，打著遙遙無期的工。看著越來越少的機會，感嘆生不逢時的無力。

愛情、文學、白手起家，都是一樣的，一樣被時代碾壓。我們鄉愁過去，卻盼不到年少們憤死而戰，成為一代領袖。

那股生存下去的推力好像慢慢消失了，關於未來，慢慢找、慢慢來，也不至於餓死。成功的期望值低於守成的安逸，關於壓力，心理的素質已經不夠強大去承擔無謂的風險。

「天啊，台灣到底怎麼了。」小千又拿起了一根菸。

這個時代本來就很糟，可我們每天早上醒來，都把這個當早餐嚥下去。不管多嚴苛，都不屈不撓地讓我們忙得不可開交。

冒險的路上已經撿不到寶典秘笈，什麼獨門劍法早都被寫成了公式。在我們變成這座城市裡一個個樣板臨演前，我相信一定還有那個、很微小很微小的那個，浪跡天涯海角，依然會讓自己相信的事情。

那是什麼。

那是什麼。

那是什麼。

Chapter

10

堅持才會遇見希望

Jerrythepopper／23歲／男／紀實攝影師

台北第一果菜市場，這座市場不若一般集市的色彩繽紛，也沒有太多餘的照明。在這裡，每個人在崗位上坐鎮：指揮交通、上貨卸載、叫賣理貨、準備早餐……上千坪的半開放穹頂下，誰也沒有必要討好哪個誰。

這裡的市場不對消費者營業，來的多是下游業者和餐廳採購，甘藍、蘿蔔、茂谷柑一整箱一整箱地叫，喊到了就送上車，穿過熙來攘往揚長而去。載貨台車、卸貨壯漢、交管警衛、角落的土地公，大家在亂中有序裡，熟門熟路地找到方向。在一個個的面無表情中，每個人都是老司機。

已經不知道第幾次和 Jerry 約在果菜市場。一開始佩服的，是他每個禮拜凌晨三點夜奔市場的習慣與勇氣，相較於第一次進來的我，在這片大觀園裡一臉笨拙。在閒人勿入的神秘空間，有一個人熟門熟路地探索確實挺新鮮。

Jerry 說，他未來想成為一位戰地記者，但這件事情應該會被家裡強烈反對。在夢想實現之前，總得找些事情，填補心中一些還未磨滅的熱情，想辦法在很年輕的時候，讓世界看到一些他的什麼。

如果人生從頭到尾都是一道證明自己的證明題，費心推論又刪掉的字句都是故事，那我們往往不小心把問題想得太複雜了，離答案越來越遠。而他最令人欣賞的，是他從頭到尾就把這件事當是非題，不證自明。

數十噸的大貨車，準確地倒車塞進狹小通道，準備卸貨。拍賣員站在磅秤前，用行話與手勢和底下的採購一來一往，急促的數字節奏考驗誰能比誰更沉著。送貨員把喊到的一箱一箱洋香瓜扛上推車，汗水流過了手臂上的關公刺青，還有紙箱上的崙背鄉農會。

除了供應我們每天的日常餐桌、餐廳小吃，還有接近台北地區將近八成的蔬果，這座市場同時也承擔了確保農民收入、穩定菜價的使命，在這樣的生產體系之下，確實也有它獨特的空間文化。海量的疊箱蔬果、彪形大漢的宏亮嗓門、大貨車川流不息，相較於一個半夜拿著相機、剛從大學畢業的文弱書生，站在市場的挑高棚場下，雖不能說是誤入大觀園，裡頭另類的繽紛也夠他奔波一年半載了。

走出市場時天就全亮了，貨物大都去了彼此的下一站，市場裡的喧囂慢慢降低。一旁的華中橋，上班車潮開始洶湧。城市沒有說話，我們繼續動作。

雖然暫時當不了戰地記者，但如果每天都能讓自己活得踏實，好像已經是對家裡最好的交代。可是對自己而言，如果做一件事而無法堅持，那麼當需要對外界承擔一份責任時，就欠自己一個交代。別讓自己找了太多放棄的理由，因為更多更多比我們還要好的人，還在堅持。他們不是看到希望才堅持，而是堅持才有機會遇見希望。

舞台站久了就是你的。現在所經歷的這些迷茫與困境，以後回頭看，都小事了。

LONGVIEW
PREMIUM NEW ZEALAND APPLES

Chapter

11

我不要

4Samantha／23歲／女／迷路的人

「迷路也是一種路。願我們永遠在路上，不在意抵達的地方。」

——《在場證明》

「我不要。」在新書發表會上，Samantha說這是她這輩子會講的第一句話。那一年剛認識她的時候，她剛從法律系轉念廣告系，拿著親戚的舊單眼相機，和我們幾個在Instagram認識的網友，在一場攝影的聚會上相認。

我們在自由廣場的叢林裡，討論著正方形的構圖、習慣的光圈快門，還有表現手法。她眼神透露的自信，完全不像一個才摸了四個月相機的人。

後來我們這群喜歡玩Instagram的朋友，普遍走了兩條不同的道路。一群人大多年紀稍長，有自己的本業在身，攝影只是工作之餘的興趣。另一群人當時大多還是學生身分，自然會面臨到職涯的選擇：是否該將攝影與社群作為謀生的工具，成為自由工作者。

「廣告系的訓練，就是把產品用技巧包裝給消費者。」或許是反抗，或許是反思，大學的訓練給了Samantha很多提醒：如果不做出一些改變，火車就會在鐵軌上，一直在那個方向往前下去。

在社群世代做行銷是顯學，也是險學：機會多，競爭也多。業主在意流量、轉換率，創作者在意抽成、在意獨特的原創性。可是最終決定收入的，還是主流的美感與大眾市場的牽制。

「你發現其實自由工作者沒那麼自由。」一開始在社群上發自己喜歡的東西，後來慢慢地知道發什麼東西大家比較喜歡，成就感不斷被挑戰、拉扯，取決於自己的堅持能夠到哪裡。

現在的Samantha看著許多畢業的朋友、同學往那條路走，她選擇停下，去旁邊沒有路標的地方玩一下。「畢業不應該是標準化的生產過程，它應該是一種生命經驗，應該去面對生命的一些回應，甚至是不回應，就是待著。」

我大學畢業前也曾經徬徨，不喜歡那條路，想先緩一緩、重新找到自己喜歡的事，即便不一定真的有用。社會科學教會了我們很多事，反思自己在做什麼，自己的限制是什麼。

還記得大學畢業那年的畢業生代表致詞說，大學像是走在一條康莊大道上，走在前人鋪好的道路，一步步地按照指引走向目標。碩士像是走在一條下雨的森林小徑，模糊的路徑需要努力披荊斬棘，才能抵達終點。而博士則是一條沒有路的沙漠。

許多人大學畢業後的焦慮是，只有我們能為自己的選擇負責，擠在那條已經人聲雜沓的康莊大道上。我們在道上載浮載沉，抓不到浮木，我們會不安，會痛苦。

這個世界一定給了我們很多的框框、限制，而Samantha的厲害之處是，如何發揮框架內的最大可能性，在不至於餓死的前提下，不在社群媒體的河道上隨波逐流，保有最初的自己。

畢竟要能勇敢拒絕，勇敢說出「我不要」，是需要很多勇氣的。

輯二

留住那些匆匆走過的風景

Chapter

12

她用她的方式愛你

傑西／23歲／男／攝影作家

關於離家到台北，不外乎是從挫折到練習選擇、獨立的過程。「你的故事還缺哪個面向？感情、工作、家庭關係？」訪談前傑西一語道破，不愧是直率卻細膩的網路作家，對於青春的焦慮和演進有相當的掌握。

傑西大一念的是中文系，一直對劇場相當有興趣。大一時甄選上一個劇場的演員，主題是關於同志族群。他終於能做自己想做的事，他日夜排練，半年都沒回家。

演出那天，爸媽、姊姊都來了。那是一個論壇劇場，在台大的活動中心，表演結束後觀眾能發言。演員們知道爸媽要來都很緊張，因為他們即便已經跟家裡出櫃，彼此之間依然還是有一些距離。整場戲傑西幾乎不敢往父母那邊看，他不知道家人對同志議題的看法，看到自己兒子在舞台上的角色內容會怎麼想。

在後來的討論時間，有個爸爸舉手發言。他身為人父，很能理解劇中家長的角色。「其實上一代不乏同志，但當時的社會結構不允許他們站出來。謝謝你們做了這齣戲。」

傑西的媽媽接著舉手發言。她看完表演很感動，身為母親能體諒劇中母親的不得已，她不只是在對抗她所相信的價值觀，也包括其他親友給她的壓力，但她能夠體諒孩子所正在經歷的事。

「這個場合一定有很多同志來到現場，我想告訴大家一件事：記得要回家。」媽媽千里迢迢從台中上來看孩子演戲，就為了跟他說這句話：累了隨時可以回家。

那時傑西才感受到家人對他的重量。當時雖然已經出櫃，跟媽媽的對話非常對等，能理解彼此都有不一樣的意識形態、人生追求與價值觀。原本以為上了台北後不需要家人，後來才知道他們在自己身上影響很大。

傑西的爸媽都是虔誠的基督徒，在教會服事。「儘管大家吵成這樣，但身為你的母親，有一天當你牽著一個男生回家，你要跟他結婚，我會不祝福你嗎？」在同婚議題沸沸揚揚的那時，他才理解到媽媽的信仰真的是信仰，不是宗教。宗教是用不同的方式去詮釋信仰。

不管我們信仰的價值觀如何，都應該要先在乎彼此的感受。站在對方的立場，這是多麼重要且困難的事。如果大家都把價值觀放在第一位，當理想牽動時就很容易相互碰撞。如果有人因此受傷，傑西就不會再跟他吵下去，因為他在乎彼此的感受。母親的身教言教他一直放在心上。

媽媽無條件給了我們什麼？哪些人給了她同等的支持？我們看不到的是媽媽為了家庭放棄多少事情、放棄她熱愛的興趣、放棄她原本的生活習慣等，取而代之的是奶粉尿布、主臥房的布置、家族裡的LINE群組。

當小孩都已經不再需要操心，當負擔已經放下一半，我們拿什麼補償她的青春？我不知道她退休那天、我上大學的那天，她是什麼心情。應該不會只是深呼吸，長嘆一口氣。

傑西在他的第一本書《謝謝你走進我的景深》裡，有一個章節叫做〈謝謝你忘記了〉。他原本想訪談媽媽在結婚前的情史。

「不知道你有沒有想過，新娘子走上紅毯前、在妝髮前，你覺得新娘的心中都是沒有遺憾的嗎？當你覺得要把下半輩子交給一個人，你是否還有一些還愛不夠的人、還沒說夠的話？」媽媽卻先反問了傑西一句。

「但當下我知道我的承諾只能給你的爸爸，所以我得忘掉那些我很在乎的事。」很多我們以為的幸福和快樂不是白白得來的，而是爸媽很努力在維持著。

我們每個人都有自己的關卡、自己的功課。我好像從沒有看過媽媽的人生，她的生命和家人全都扣在一起了。隨著我們成長，在爸媽和學校帶給我們的價值觀之外，我們慢慢透過反思與啟蒙，漸漸有了自己的想法。

如何讓兒女開始有自己的意見，做他們想做的事情，這對很多父母而言是一件不容易的事，也是後來他們所要面對的難題。

在過程中彼此會生氣、會難過。媽媽的受傷不會亞於自己，而我們會用很多她聽不懂的新知識來辯解，卻忘了我們一直在成長，而媽媽已經慢慢停在某個時間點。

她們還是媽媽，每天期待著一通電話。她用她的方式愛你，在她的世界裡。

Chapter

13

要先感動自己，才能感動別人

我／23歲／男／攝影新手

最初開始拍照是為了交作業。大學念了地理系，光是四年必修課的野外實習就有十三次。野外實習少則一天，多則一週，其中也不乏出國的行程。增廣見聞是最開心的，而結束後的田野報告，則是最辛苦的。

一開始哪懂什麼學理、論述，老師要求二十頁的報告，篇幅大半都給照片占去了。逼得老師新訂了個規定，每張照片必須搭配八百字的圖說。以往拍照可說是走馬看花，但要能夠撐起八百字的分量，照片必須得能說故事、照片必須要有構圖。

大二慢慢上手後，老師開始教大家專業的構圖理論，井字、透視法、黃金比例。這造成後來每次田野調查都出現一個有趣的現象，平時認真上課的同學會漸漸往某個拍照熱點趨近，其他同學也會朝這些同學靠近，最後大家的報告裡都出現了「社子島置於井字構圖的交會點，而淡水河則隨著透視法延伸，最終消失在無窮遠處」的照片。

對當時的我來講，攝影就只是種工具，大自然或許也只是個公式，任何人都能拍出類似的照片，只差在早晚、季節，還有鏡頭的焦段。

一直到二十三歲那年被一個喜歡的學妹討厭，這件事情才改觀。當時的自己陷在一陣情緒中，必須找到一個出口，來緩解那些焦慮。

我知道她喜歡攝影，也有在用 Instagram，「我一定要讓她知道，我也很厲害！」這種現在想起來還是覺得很可愛的念頭，縈繞著那一年的全部。我告訴自己，我也要來認真用Instagram，「要能發在上面，一定要是連自己都感動到不行的照片。」

因為要先感動自己，才能感動別人。

後來慢慢領會到攝影大師所言，「一張最棒的照片，是從一千張很棒的照片裡誕生的。」一開始不敢說拍照有什麼技巧，就是隨時做好拍照的準備，並且為那偶爾出現的好照片感動不已。

漸漸地，好照片的出現不再只是運氣，慢慢能夠順出一套道理，一千張照片總有一張好照片，同時，也漸漸理出自己如何構成那千中選一的好照片。

偶爾在社群上，看到別人的好照片會有很多感慨，一時之間，心裡湧起許多畫面。你是什麼樣的人，就會拍出什麼樣的照片、看什麼樣的電影、聽什麼樣的音樂、認識什麼樣的人。有時候也不得不承認，有些人的圖片與文字，特別是在深夜，像是一把利劍，在心中的某個角落，讓回憶狠狠地割傷了一道。

現在雖然已經不容易再想起當年，可是她卻為我留下了這麼多很棒的照片。攝影大師說，那些掛在藝廊、展覽裡的厲害照片，我們會用理性的方式去解構背後的濾鏡、構圖、參數，卻很難感性地感受、遊走進他當時所處的情緒。

我的國小同學，在小孩出生後買了一台相機。實在很難想像，以前在籃球場上的大男生，如今在小孩面前擠眉弄眼，貼地取景，就為了逗他一張開懷的笑。

那都是愛。不管這個愛是對人、對一個物品，或是一個議題，也可能是我們關愛的土地、家鄉。如果沒有愛，是拍不出那些照片的。我們不會為了他蹲下，不會為了他趕在太陽下山前小跑步。

不只是攝影，人生中的每件大小事，應該也都是這樣吧。

Chapter

14

沉默是最大的委屈

Jeff／24歲／男／帶著酒到來的人

對Jeff的第一印象，講話字正腔圓，語速很快，用詞不失精準。不是樓下阿嬤的柴米油鹽連珠炮，是語言學訓練下的敘事邏輯，自信而肯定。

他從小在高雄的教會環境長大。

來到台北後一如想像，車多、機會多、節奏快，也比較緊張。原本以為只是換一個地方生活，原本以為教會系統依舊僵化，不會思考反芻，也不會有太多突破，在信仰、體驗上應該不會差太多。

第一次大學生團契，一個學長介紹同性戀這件事。原本以為學長的講題會像小時候在高雄的那一套，沒想到他的論點是關於教會如何重新去認識同志的世界。「為什麼教會允許這樣的運作？」明明是同個教會、同個教派、同一個脈絡系統，在高雄跟台北卻是截然不同的兩種方式。

北漂的人一定有過這種經驗，某些小時候穩固建構起來的價值觀，被鬆動了。

他是一位雙性戀者。小時候一直覺得自己和社會建構的價值觀有衝突，久而久之，好像就慢慢釋懷，乾脆一輩子跟這個衝突和平共處。

「全台灣有4%的同志人口，幾十萬的信徒，一定有那麼一些些人，跟我經歷了相同的事情。」在參與了台北的教會後，他心中的某些開關被打開。

Jeff跟大家很深刻地交流，參加許多的課程、講題，但一直沒有人知道他的身分。面對團體裡依舊守舊傳統的人，一時半刻不知道怎麼往下一步走。想要找到自己的同伴，去推敲誰可能是可以求助、建立連結的對象，卻深怕別人異樣的眼光。年紀越大對這種事就越害怕。

小時候總覺得，只要自己的態度好一點，沒有什麼事講不清，不會有人為難。一個拿出十分真誠的人，哪管聲音細如絲。可是長大這件事，我們偏偏得從各個方面去琢磨，小時候的自以為是，全是無解的空集合，後來也就接受了社會的現實，學會用伶俐口齒武裝自己。接受是種莫名的安全感，也是一種寂寞，讓我們錯過了很多。

大多數的我們都在等待，等待時間流逝為我們帶來光芒，等待別人來拯救自己，等待未來變成現在。明明我們每個人心中都藏著故事，卻都在等待帶著酒的人到來。

Jeff立志要成為那個帶著酒到來的人。

他說，幾年前的學運時期，教會的角色比較保守，不追求政治，不做過多評價。可教會裡的大學生不一樣，這些來自各地第一志願的同學，頭腦很好，勇敢挑戰傳統與權威。這些衝突中好像出現了一些光芒，加上更多周邊的朋友、名人也紛紛站出來鼓勵大家。

「我不應該把身分與信仰視為一種衝突，不要因這份信仰而感到恐懼與害怕。」當時，我們每天都在期待充斥亡國感的臉書上出現好消息。單靠信仰已經不太容易把負面能量消除，我們每天互相鼓勵，跟著這股力量更主動地去關注這些事物。

表面上同志世界都是被華麗包裝的，但如果我們身邊有比較熟識的同志朋友，如果彼此願意掀開華麗的外表，每個人的故事都是破碎的，每個人都是從一場場衝突與矛盾走過來的。經歷數不盡的霸凌、歧視，他們都活下來了，相信自己可以越來越堅強。

Jeff 開始向身邊比較親的朋友出櫃，這或許是身為同志最大的勇敢。把最大的弱點攤出來，好像可以得到更大的力量，是這種基督的精神，引領他持續在團體裡生活。

回想過去自己曾經做過哪些勇敢的事，行動的理由往往很簡單，就是擔心一輩子都在為人所誤解，因此不允許自己去妥協，卻思考太多、感受太少。很害怕在努力了一輩子之後，才發現人生對不起自己。珍惜所有願意為之停留的東西，陪伴就是最珍貴的事，沒有什麼事比燃燒生命更有價值，也沒什麼比浪費生命更奢侈。

原本在教會裡只找到一位同伴，但在後來平權公投的挫敗中，Jeff 發現了更多的人。公投的傷害雖然很大，但生命不是那麼絕對，也不是永遠爬不起來。

就像經歷每次的攻擊、霸凌，大家都還是活下來了。即便短時間內無法大力翻轉，但這些人在相同的背景與信仰之下，還有另一個更強力的連結。

小時候我們氣力用盡地哭，恨不得全世界聽到自己的委屈。長大以後，我們承受更大的挫折，可是連哭都只能給自己知道，深怕討厭的人聽到，更怕讓所愛之人聽到。後來，才知道這年頭每件事情，原來背後都藏著委屈。

沉默是最大的委屈，可我們為什麼可以繼續假裝沒事？

Chapter

15

你最愛的城市必須有點堅持

Brian／24歲／男／自由編輯

Brian大概從大一就染上了泡咖啡館的習慣。念大學的時光裡，待在溫州街的時間比教室還多。

大學同學很多台北人，他們都已經彼此認識、都熟悉台北的生活了。自己多多少少有點徬徨，不知道要去哪裡、做什麼事情。雖然每天都去上課，但心裡老想往外跑。對於初來台北生活的焦慮，我們兩人竟然不謀而合。

初來乍到的那幾天，有天下課回宿舍，下午三、四點陽光正好，突然不知道要幹嘛。那時浮現一個很強烈的念頭，「我要幹嘛？要去哪裡？」今天以後的人生，我也要像這樣幫自己做很多很多的選擇嗎？

而咖啡館有種家的感覺，溫暖、燈光昏黃、店員友善，像是個避難空間，坐在落地窗前，凝視城市裡來來往往的人群，躲避日常的繁瑣。

每個人在這座城市裡，都需要一間讓自己覺得安心的咖啡館。

不只是環境與設計，在咖啡館裡，店員必須和自己保持一種剛剛好的距離。Brian把他在台北的秘密藏在某間咖啡館，他不肯和我透露是哪一間。這樣也好，如果太多私底下的他被人發現了，安全感不見了，那就不好了。

我們其實已經習慣，並且享受著城市的匿名性。平日下午的咖啡廳，隔壁桌坐的可能是貴婦、直銷、保險，偷聽他們講話，記下有趣的部分，也許就變成寫作的題材。

張愛玲在〈公寓生活記趣〉有這麼一段描述城市裡疏離自在的生活：

「公寓是最合理想的逃世的地方。厭倦了大都會的人們往往記掛著和平幽靜的鄉村，心心念念盼望著有一天能夠告老歸田，養蜂種菜，享點清福，殊不知在鄉下多買半斤臘肉便要引起許多閒言閒語，而在公寓房子的最上層你就是站在窗前換衣服也不妨事！」

我們或許都是喜愛在城市裡，偷聽閒言閒語的鄉下人吧。

Brian出生於嘉義，那一年他考上台大法律系，訊息很快地傳遍整個鄉下村落，親戚、左鄰右舍，連高中的校長都來家裡貼紅榜、送花圈。

爸媽和Brian都背負了許多壓力，因為大家相信，未來家裡會出一個法官或律師。

可來了台北後，才發現世界很大、選擇很多。高中時五點下課，下一步不是圖書館就是補習班，沒有第三個地方。但台北的生活好像不是這樣，面對那麼多好玩有趣的選項，我們要去選擇自己到底要什麼東西。

在一系列的雜誌社群聚會裡，Brian與刊物媒體越走越近。他好像找到一個方式，很誠實、有系統地把自己感受到的東西傳達給大家，一方面也重新建構對世界的認識。

他不再需要研究先前的學說、當代的法條怎麼訂定。他不被規矩束縛。

大四上那年，Brian 圓了長久以來的夢想，進到《大誌》雜誌實習。過程中有辛苦、有局限，但他慢慢練習怎麼去發現新的東西，怎麼去記錄一個地方的感覺，他終於發現，自己總算找到了跟這個城市相處的方式。

半年後的大四下，一個重要的關卡硬生生地擋在他的面前：準備律師國考，或是雜誌社轉正職。這個問題對於越年輕的一輩，答案越是明顯。夢想或麵包，離開或留下，面對越來越說不準的未來，誰不期待在年輕時有機會孤注一擲。

卡住他的是如何與家裡溝通，或更具體而言，如何與整村的鄉親溝通。在嘉義，沒有人了解雜誌編輯的工作到底在做什麼，所謂的好的職業，大概只存在著律師、醫師、老師。

Brian 大學不常回家，也不常講心裡的事。家人一直知道他對法律沒有太大的興趣，但就是期待他可以做個法官。

「他們其實不認識你。」很多北漂的人可能都有這段經歷，以為與父母彼此之間很了解，但因為每個人在大學的四年之間改變都非常大，大到造就了一個新的自己。

船越來越少駛入避風港，避風港也望不見遠方的狂風暴雨。我們越來越看不清問題的核心，越來越擅長一個人面對，越來越習慣鑽牛角尖後眼神空洞的遺忘。當在台北的這四年父母缺席了，彼此之間很容易產生一種斷層，雖然感覺很親近，可實際上對彼此是陌生的。

在一個寒冷的冬天夜晚，Brian走在台大男七宿舍的頂樓，打電話給爸媽。

「我決定不考律師考試，之後我會有另一份工作，你們不要擔心我沒工作。」

電話裡發生激烈的衝突，媽媽認為他們兄弟都不為自己的選擇負責，讀三類不選醫學系，念法律系不考國考。

Brian媽媽說的話，對我來說有一種熟悉感。我的姊姊大學念了國企、碩士念了外文，最後在法律部門任職。對於長輩而言，無法理解為什麼人生得繞這麼多圈，一再重新累積？

「哎隨他們去啦，自己喜歡、過得開心最重要。」面對周遭親友的關切，姊姊淡然地說。我很幸運，姊姊在我前面已經先走過了這些路。

後來Brian有將近半年的時間沒有跟家裡聯繫，每個月雜誌出刊時，他都會寄一本回家。一直到畢業典禮那天，家族的親戚都到了台北。

「那是你孫子編的雜誌。」在溫州街的一間餐廳裡，剛好擺著《大誌》，爸媽跟阿公阿嬤介紹著。

「他們好像放下過去衝突的情緒了吧。在過程中慢慢放心，了解到其實做一份不是法律的工作也沒什麼不好。即使在這半年，他們應該經歷滿多的掙扎。」

「但好像我們都需要這樣的掙扎。」Brian從一個很在意父母想法的人，慢慢可以自己掌控人生、做自己的決定。

你愛的城市必須有點堅持，對得起你的驕傲，當放得下你的生活。在習慣的咖啡館，手裡的那一本書，穩重而孤獨。

Chapter

16

時間從不偏袒誰

芯安／24歲／女／上班族

芯安在南投的鄉下長大，她告訴自己，她一定要在台北工作。台北之大，大如全世界，她懷抱了滿滿的希望。

大學畢業後，她在台北找工作，滿懷期待想要展開新生活。媽媽說如果找不到就回南投，台北沒有金子可以挖。

芯安找工作足足找了半年，那是人生至今最絕望的時候，看不到未來，卻也不想隨便找份工作搪塞自己。但台北對於一個剛畢業的人，要能找到得體的工作，真的不是太容易。

當時每天從南京東路五段跑到三段，節儉地過每一天，每過一天就好像提醒自己還沒資格在這座繁華的城市生活。那半年，她是一個沒有身分的人。一直到收到錄取通知的那一天，她當場哭了。

那通電話是在台北展開生活的入場券。

當我們每個人頂著理想離開大學，帶著徬徨之身闖進台北，我們從小戰場打到大魔王，努力掙扎為的是老闆的笑容，還有自己內心的肯定。

每一年有太多人憑著一張畢業證書來台北找機會，幸運的話，他會有一個叔叔、阿姨，在三重、中永和有一個小套房能借住。如果沒有，那台北的生活真的就得從零開始了。

我們多麼希望在夜晚拖著疲憊的腳步走回租屋處打開大門，是一席溫暖的黃橙光，親愛的室友在客廳的一角窩著，抬起頭。「辛苦啦，今天還好嗎？吃飯了嗎？」

城市就像個壓力鍋，塞滿了各種意識型態與日常雜務。我們之中的誰，不都也是懷抱著夢想，卻在擁擠的人群中不斷地推擠，一點一點損耗自己的心？

後來芯安在台北工作了四年。爸媽的工作很忙，從來沒有來台北看過她。她在台北沒有任何親戚，從找工作、搬家、下班後的生活、假日，一切都得學會怎麼跟自己相處。

認識台北的每一條路，是每次的迷路，在Google Map上一步一步走出來的。「那種感覺就好像筆記只有你自己抄過你才會記得。」

那幾年間，芯安交了一個男朋友，陪著他念完研究所、當兵，原本以為開始工作後能有更多時間相處，沒想到他卻在後來跟她說，「我收到一個 offer，在成都。妳不讓我去我就不去！」

「人生只有一次，我希望你去。」對她來說，這或許是一種測試。

「等我兩年，我回來娶妳。」男友堅定地說。

「我很捨不得你，但我不希望你有一個牽絆在台灣，我希望你到那能毫無顧忌地發展，我們分手吧！」離開前一晚的決定，後來讓芯安哭了整整一年。

那年是二〇一七，男友真的再也沒回來。二〇一九年，她也離開台北了。

個性活潑的芯安很喜歡跟店員聊天，即使已經不在台北生活，他們永遠會傳訊息來，說開發了什麼新菜色。這也是後來她每次回台北時，最想溫習的時刻，想念的人永遠在那家喜歡的店等著。現在的身分只是個過客，她的心情已經不若以往，回來見的朋友卻依然還是朋友。台北已經不屬於她，但還是一個那麼美的城市。

也許時間會淡忘一切又一切的美好，但它從不偏袒誰。若能堅持心的溫暖，歲月就不會變得無情。如果時間太久，故事太長，即使是記憶，也會淡漠。

「在台北這幾年，什麼愛恨情仇都是過眼雲煙了。」在車上望著遠方的天際線，遠方究竟要有多完美，才對得起這一路上的顛簸曲折。路上在哪裡活得精采，又在哪裡笑得無奈呢？

Chapter

17

安全感

Yi／25歲／女／有機手搖飲料創業夥伴

「大家來到這裡，表面上笑笑的，但一杯茶喝了以後，就慢慢聊起最近工作上的問題、感情上的問題。」Yi忙完手邊最後一杯青森蘋果紅茶，悠悠地說。

Yi是從台中來的室友，和幾個朋友合夥在台北創業開了一間有機飲料店。前陣子在社群媒體上爆紅，小小的店頓時成了網友們在真實世界取暖的所在。而這傢伙，也默默地知道了很多人的小秘密。

「很多話其實不想跟朋友講，怕朋友會擔心。跟素昧平生的我們講，比較可以放心地把煩惱交給我們。當他們離開這裡回家後，就有放下重擔的感覺。」Yi就像一個收納秘密的抽屜，大家帶著線上與線下的兩種身分來到這裡，袒露或偽裝，取決於當天的情緒。從網友到客人，雖然中間還是隔著一個吧檯的距離，但在不侵犯彼此隱私的情況下還是可以交流很多心情和思緒。

有一回一個熟客來，點了一杯熱茶。她本來就不多話，不同以往的是她那天剛剪了頭髮，簡單聊完髮型的改變後，她一個人很安靜地看手機，明顯心情不太好。後來她們就各忙各的，慢慢度過整個下午。回家滑臉書，卻發現她在粉絲頁留言：「這是我在台北發現第一個有家的感覺的地方，很謝謝這裡。」

也許我們都在尋找家的感覺，尋找一個讓自己放心示弱的地方。「在台北，其實很多人都故作堅強，大家不太容易示弱啊！」確實，我們慣於逞強，把情緒往底下壓，不太容易流露出內心的波動。太傷心、太難過，往往會暴露出自己的弱點。

離開家鄉到台北創業，在外人眼裡又是一條不那麼穩定的路，很需要堅定自己的內心。遇到一些情況會很容易慌，質疑自己是不是錯的。「現在的人越來越害怕失敗，好像一失敗其他人就贏了。」Yi一副看透眾生相，老江湖地說道。是啊，成敗看得太重，步伐走得太快，我們即便有想法也沒有太多勇氣，靜下來去思考、去對自己的決定負責。

這年頭已經不存在所謂的正常，成功也不存在單一的公式，因為存在的意義是自己的定義。面對毫不友善的艱困現實，充滿疲憊、不確定感，即便達成了夢想，但生活還是好重。在數不清的挫折、困頓與漂泊裡，要懷疑理想，還是要繼續溫柔地執拗下去。

這或許就是為什麼我們需要一個既陌生又熟悉的環境。

和朋友聊天是開心的，但有時候又害怕他們擔心。就像是以前的無名小站、巷口的那間咖啡館、小時候家裡附近的土地公廟，在那裡可以不用在熟悉的人和風景前故作堅強，在無聲的行動中得到鼓勵。不只是一杯飲料，還有習慣又陌生的安全感。

「我發現在台中走路都不會跌倒，在台北就很容易飛出去。」同樣身為台中人，後來我們聊起很多台中的回憶，感嘆著台北飛快的步調。有時候太想追上人家的腳步，卻很容易忘記自己應該要有的速度。

離開Yi的店，我想著哪天我們會不會不小心走散，消失在這個太複雜的世界裡？這個秋天我想大概還是溫柔的，騎著腳踏車聞著家戶散出來花香，有風在吹，溫度不會太涼太熱，那樣的風景已經自成一格了。

Chapter

18

九七七九公里外的答案

我／25歲／男／創業新手

吃一直不是旅行中最重要的事。有幾餐可以拜訪寂寞星球裡的小店，但大多數時間還是跟著倫敦人在咖啡館，一個三明治、一杯 espresso，簡單也不會雷。特別是在一個被催稿的中午。

這間連鎖的 Pret A Manger 位在倫敦的南肯辛頓地鐵站對街，隔壁是藍寶堅尼的展售間，幾條街外是甘地在倫敦時的住所。秋天的午後，在這個傳統的富人區，長街、遊人、小鋪與落楓宛如畫卷般展延。而咖啡館裡所有的位置，被一群帶著榮恩衛斯理般濃厚鼻音的大學生所占據，他們大概是隔壁帝國理工大學的高材生吧。

好不容易占到一個角落靠窗的桌椅，轉頭瞥見一位年約七十的華髮老伯走來，穿著休閒西裝，一手扛著折疊自行車、一手拿著白色馬克杯，臉不紅氣不喘地穿過衛斯理們，借問能否一起共享一張餐桌。

「我現在有一間公司在搞創意產業，你知道的，電影、音樂、舞蹈、設計……那些東西；年輕的時候我是搖滾歌手，跟披頭四用同一間錄音室，艾爾頓強當時是那裡端茶水的小弟。現在我在跟以色列打一個智慧財產權的官司，同時在寫一首歌。你從哪來的？」

我從台灣來的。在趕稿時殺出一位多話的退休長輩，內心驚覺不妙。

「噢台灣啊！我知道，你們的科技業很強。」沒有，那些很多都外移、衰退了，我們現在正在轉型。

「噢，那你們現在在忙什麼？」我們現在在搞文……噢不，我不是在說文創。我們現在滿多年輕人在創業，在尋找經濟轉型的方向，像我自己也是。

這問題有趣，我很喜歡他這種問法。比起華人長輩的「你在哪裡工作」、「你的工作在做什麼」，這種問法顯然帶有更多的開放包容與尊重。

但這個問題還是很難。坐在我對面的這位，是一位身處在悠久文化歷史的體面的長輩。如果要談文化創意，我無法想像接下來的話題會多難回答，有多少背景脈絡要解釋。我們要如何跟一個文創大國放在同一個位置相提並論。

「聽起來很棒。那你有什麼硬底子？」我拍照！講個最敢說嘴的吧，然後把Instagram開給他看。

「我太老了，不懂Instagram這些社群的東西。這是我攝影師兒子的網站，你看看。」映入眼簾的是一個澳洲知名攝影師網站，所有我們在平面電子媒體上看到的國際品牌商業攝影，無論是與家人分享歡愉的可口可樂還是串聯人際連結的三星手機，都是出自他的鏡頭。

「我也有在做平面設計。」喪氣的我，幽幽地補了一句。

「那你去看對面的V&A特展了嗎？」沒有。

「如果你做平面設計，你應該多看展，你應該每年都來倫敦。這裡是這個產業的尖端，會讓你不一樣。」面對一個坐擁豐富歷史文化，卻持續不斷開創自己工作的長者，我們在台灣的年輕人，到底擁有什麼、用什麼態度面對自己的工作？

「我其實……現在跟幾個朋友在創業，在台北經營幾處共生空間，叫做玖樓。我們希望能讓冷漠的都市租屋帶來更多的生活文化。」我其實已經沒招了，攝影不到位、平面設計太狹隘，我只剩最後一件事能跟老伯說了。

「就是這個！你就應該做好這件事。這是一個看不到未來的事、看不到終點的挑戰，也是你應該要努力突破的方向。」

宛如醍醐灌頂，旁邊的榮恩衛斯理們也好像突然都安靜下來。離開學校後，這幾年的斜槓生活、困擾了自己好幾年的選擇，就在我飛了九七七九公里後，在一間咖啡館與一個老頭的身上得到答案？

攝影、平面設計、共生空間，三件事情都是我所喜愛，也是多年來別人對我的期待。在台灣，我一直以為自己在這三者間取得了一個很好的工作與生活平衡，這個平衡卻在英國被挑戰。回想自己在忙的事，看似有很多把刷子，在老伯眼裡看來不過小菜幾碟，連自己都不太清楚是為了什麼而忙。

老伯說得沒有錯，攝影與平面設計都是行之有年的產業，也經歷近百年來風格、流派與行為的演變，大師都已經卡好位了，產業都已經分工好了，一畢業後，人生的天花板就已經設定好了。

可共生空間不是，行業是新的、論述是新的，這個產業的邊界就是我們的想像力。

以前，我喜歡剛泡的茶，捲曲的茶葉在滾水的沖泡下，在茶湯裡舒展、浮沉。老伯不經意的幾個問題後，就像我後來竟然漸漸喜歡上了幾巡過後的茶，少了漂泊、多了沉澱，細節都在底層。像是這座老倫敦，經歷了歲月、踏實了人生。

「還有什麼我可以幫你的嗎？除了賺錢之外，我都可以跟你說。」我們互加了WeChat，他跟我約下次去倫敦待久一點時再找他。那時，該跟他說我在忙什麼呢？

Chapter

19

原來告別不能一如往常

P／25歲／女／前女友

「你只是……從主要關係人，變成次要關係人了。」P摸著我的頭，慢慢地說出這幾個字，眼角漸漸變得濕潤。

記得那是從倫敦回來的那幾天，一段時間沒見，準備了許多禮物要給她。P是一個認識十年、非常好的朋友，我們曾經一起修課、一起旅行、一起創業，也曾經……把對方放在心裡最重要的位置。

我們的關係跟電影《真愛挑日子》很像，平時若即若離，卻總是在對方心裡覺得脆弱的時候，適時地交換彼此的近況，注入一劑強心針。曾經兒戲地說，如果到三十二歲時都還沒人要的話，那就結婚吧。

我們在一起的時候沒有什麼一見鍾情，也沒什麼熱戀期，就是兩個熟到不行的朋友，摸透彼此的習慣和底線，開始了一起生活的日子。上班下班、煮飯、看電影，最簡單的那種。

或許最一開始是喜歡，只是後來成了習慣；而後來忘不掉的是喜歡還是習慣，還需要時間辨明。

分手的前兩週是很痛的。痛是她慢慢地關閉了通往她世界的大門，留下夜裡的我，在門外無聲咆哮。恐懼是我靜靜蜷曲在山谷裡，一陣風吹涼了心，空虛綿延無盡。

一開始，我們都選擇用忙碌來掩飾悲傷：把自己弄得很忙，開會、上課、跟朋友碰面、跟老同事聚餐聊天，更認真生活一點，讓痛更復原一點。

在某一個好像已經好得差不多的晚上，恐懼就突然來了。像睡夢中的電話、森林裡的狼犬、半夜裡的消防車。奇異的既視感，讓場景又回到了那個地方，風吹來涼涼的，熙來攘往的空虛，綿延無盡。

「I love you, so much. I just don't like you anymore.」後來我再一次看了《真愛挑日子》，希望能從電影裡找到一些答案，卻還是讓自己難過了。

才知道原來快樂不能假裝，想念不能隱藏，原來告別不能一如往常。

那一段時間的照片都是藍色的，空氣裡也透著藍色天空的味道。在沒有星星的夜裡，月下風景也顯得寂寞。一段時光的錯過，卻再也不在花開或是花敗裡堅持。好聚好散，別再說最愛的是誰；人生就年輕這麼一次，每個人都有自己的無奈。

在那段時間寫下的文字是特別有力量的，當自己跟自己說話，文字使我坦然、平靜，使我感到安全。不斷地跟自己打氣，告訴自己別再說如果，都過去了。

時至今日我們還是那個最好的朋友，不管是不是在同一片土地上、不管身邊是不是同一個人。我們還是每隔一段時間，會交換彼此的近況，聊聊當下的脆弱。因為我們知道，時間的流轉會產生很多壓力，沒有特定的某一個人必須接著我們所有的情緒。某一些情緒是只能安放在某些人身上，才能夠心領神會，才能夠接住彼此繼續往前走的。

H&M

PEI
nasonic空調
業界省電第一

HOTEL

Chapter

20

名為家人的刺

Kin／25歲／男／馬來西亞僑生

因為同志的身分，Kin選擇來到台灣。他的家鄉馬來西亞對同志非常保守，生活中也沒有朋友可以講這件事。從小到大不斷地懷疑，「為什麼只有我是gay?是不是全世界只有我一個人不是正常的？」

高中時，Kin在網路論壇認識了一個台灣人，認他當乾哥。乾哥雖然不是同志，但他告訴Kin，「有機會可以來台北看看，你不是一個人。」

當時的他十五歲，因為乾哥的一句話，在心中種下一個決定。他決意在未來離開馬來西亞，去看看台灣。

後來那個論壇就在網路上消失了，一如那些不著痕跡的短暫匆匆。Kin再也找不到那個人，也忘了他的名字、他網路上的ＩＤ，所有關於乾哥的片段都變得模糊。但終究是這個人，他讓一個充滿疑惑的孩子來到台灣，有了後來所有的離鄉背井與候鳥往返，後來那些過得還不錯的日子，後來被這座城市雕塑出來的氣質和溫柔。

我們可能不會意識到，自己簡單的三言兩語，給他人影響那麼大。

有人說旅行，就是走出去、找自己。當時的Kin跟所有的期待告別，來台北尋找對自己的認同。或許每年都有成千上萬的人，來台北尋找答案，想著那些平常沒時間思考的事情。

我也喜歡這座城市的匿名性。這裡不會有人關心我們到底什麼時候要結婚，巷口的早餐店記得我最愛吃薯泥碎蛋吐司，但不會問我論文的進度，也不會管我們今天走在街上要跟男生或女生牽手。

Kin在離開馬來西亞時跟朋友說，「念完書我一定會回家。」但在台灣交了男朋友之後，在這裡感覺到的自由，讓這個承諾變得模糊。有次Kin帶男友回馬來西亞玩，當他們在飯店睡午覺時，他做惡夢，夢到警察破門而入來抓他們。

「快逃，警察要來了。」Kin搖醒熟睡中的男友。

「你幹嘛？」被驚醒的男友不解地看著自己，Kin當下才深深意識到，作為一名男同志，身處在馬來西亞帶給他的壓力。

焦慮、懼怕、惡夢。

「這塊土地在蠶食我，明明身在故鄉，卻始終覺得自身仍游移於外。」沒有比這還更陌生的感覺了。

在台灣的第一次挫折，是Kin的媽媽後來出家了。「反正Kin也不在家了，我是不是在家也不是那麼重要了。」原本爸媽的關係就不太好，而Kin成了媽媽最後離家學佛的藉口，至今他還沒準備好，跟媽媽處理這段關係。

「反正你就刷家裡的卡，家裡會付錢。」剛來台灣的時候過得很揮霍，媽媽應允他。一直到第二年，哥哥在家裡群組裡說經濟有點問題，爸媽都刷了太多的卡，花費太大。後來Kin開始去工作、找家教，靠獎學金負擔學費、生活費，以前豐衣足食的生活，後來一天限定自己只能花兩百。

有天哥哥傳訊息說，媽媽刷了一台三十萬的腳踏車，Kin就大哭了。三十萬夠付他四年的學費。後來家裡經濟狀況變好，Kin還是沒有跟家裡拿錢。他吃台大宿舍的六十塊錢爌肉飯、公館水源市場的陳媽媽，八顆水餃跟八顆丸子一百元，會飽。

旁人說，這些都是他給自己的壓力，生活其實不需要過得這麼絕。

「可能一方面我想要達到經濟獨立吧，經濟獨立感真的是讓人很有話語權的，這樣我才能跟他們出櫃。」但即便Kin現在工作了，薪水很高，心裡的那個坎還是過不去，他還是一直沒法告訴家人。

來台北六年後，走過了很多地方，活得像自己。以前在家裡總是矛盾不斷，像是踩著一地碎片，還得努力拼湊出自己的模樣。現在很多的結，好像隨著時間悄然化解，但更多的事實就只是放著。距離使我們假裝掩飾爛泥底下的真實，練習回家的時候開始對家人笑。

「但內心深處還是扎了一根刺，名為『家人』的刺。」

Chapter

21

少一個情人，多一個家人

Larry／25歲／男／Kin前男友

給L：

昨天收到求婚時拍的這三張照片，雖然我們的關係變了，但很慶幸我們依然關心彼此，互相支持。所有的承諾都是真實的，至少在當下是。也沒什麼好糾結的，我們這樣還真令人稱羨，感謝所有你給我的美好。

Kin

分手的那一刻，Larry原本還是很猶豫，沒有辦法接受整件事情。當一段關係即將要轉換，當一直往問題的死裡鑽，只會浮現很熟悉、彼此在乎的回憶，如果繼續在乎，這段關係只會專注在痛苦的部分。轉移注意力很不容易，但當彼此可以保持有一定程度的互動跟連結，那也過得去了。

Larry和Kin是在交友軟體認識的，第一次見面，是在Larry家的紅色沙發上。原本約好回家看電影，結果後來根本沒看，坐在沙發上聊了兩三個小時，一刻也停不下來。

在那之前，Kin在網路上遇到的對象都不是很理想，直到Larry的出現，聽他訴苦、任他哭泣。

「但我當時其實還沒準備好，還沒準備好這個身分。」Larry感知到Kin的好感，可是面對初戀，面對第一次跟男生在一起，面對這一切來得太快，Larry

的內心，是對方不知道的兵荒馬亂。一手探著莫測高深的夜、一手寫著無人訴說的話，往後縱使淋得一身濕，縱使還是沒能得到答案，但至少證明了還有那份追求喜歡的勇氣與單純。

相遇的每個人背後都有一段故事，我們永遠不知道下一秒會遇見誰，會愛上誰，會躺在誰的懷裡。

求婚的那天，Larry單膝著地的那瞬間，在場的人都哭了。同婚專法通過的兩個月，大家哭的或許不只是這段感情的不容易，也為這個國家的多元開放而感動。

但這次，Kin還沒準備好。在答應Larry求婚之後，Kin變得很焦慮。

「為什麼我就是他篤定未來會在一起的那個人？他不懂我的面向太多，他知道我曾經精神出軌過，我也曾經喜歡很多人，為什麼他可以那麼篤定我是他想要結婚的對象？」

「在一段關係中，我同時會喜歡複數的存在。」Kin很誠實地說。

在這座城市裡，我們白天累積專業的理性、在夜裡釋放無助的感性。到底是誰該接住我們的焦慮？當一個人必須一輩子承接另一個人百分之百的情緒時，不是一件容易堅持的事。

在Kin所嚮往的開放式關係中，很多形式都是一點一點溝通來的，關於角色、責任與信任。重要的是，能否拿捏好給予彼此的安全感。

為什麼不會討厭、憎恨對方？別的朋友聽到，第一反應都這麼直覺地問。

「如果你跟你的另一半可以很真誠地看待這個狀況，就沒有對或錯，是感受的問題。在於你怎麼去跟另一半很真實地談你的感受。」

Larry 或許受了傷，可在這段時間裡卻獲得了最大的成長。如果沒有 Kin 領著他去了解，關於喜歡男生，關於精神出軌、開放式關係……種種過去預設否定、不去承認的價值，他不會去思考究竟他要的感情，是什麼樣子。

那一刻起 Larry 好像更理解了 Kin，那是價值觀的問題。這個問題又回到了 Larry 身上，但他不是站在一個失敗者的立場，而是在新的世界裡尋找自已要的是什麼樣的感情。

我們在感情路上，多少有機會遇到一個打開我們價值觀的人。彼此在一開始可能只是喜歡，最純粹的那一種。而不甘於平凡的他總引領我們挑戰新的關係，溝通達到彼此的舒適。我們的關係在主流的詞彙裡無法定義，卻在多年後漸漸成為彼此最習慣的那個人。

那種關係是，即便我們在法律前沒有關係，當我發生意外的那一天，你會是立刻衝到醫院看我的那個人。

「雖然我們彼此少了一個情人，但我們會多一個朋友、多一個家人。」

Chapter

22

有意義的日子

我／25歲／男／城市漫遊者

過年的傍晚，和爸爸在堤防上散步，帶著相機跟著他去獵奇。他上輩子一定是個探險家，隨意漫遊也能拈來一段記載在維基百科上的歷史故事，一段潮州人的生活典故，一個海濱文蛤養殖與經濟發展的故事。和他走在一起，身邊總有新鮮事。

可能是這樣的潛移默化，使我後來念了地理。一部分的人對地理的理解，可能源於高中地理的那一套「地氣水土生、人經交聚政」（地形、氣候、水文、土壤、生物、人口、經濟、交通、聚落、政治）。但有一些人就是熱愛空間，他關注這座城市的公車號碼路線，春天經過仁愛路樟樹的幽香。

我們只是借用「地理」這個名詞，來裝載我們對空間滿溢的熱愛。

認識台北的方式，相較於散策，我更喜歡漫遊。散策有一種擲骰子搭公車的感覺，或者是到了路口後隨興左轉或右轉。漫遊則具有一種眼光、一種反思。

比起山林河海，我更喜愛拍攝人文、都市的照片，因為人在城市裡的變化是多元的，相較於自然的規律變化，我無法預期今天出門在台北會拍到什麼照片。但至少在經驗裡存有一些空間意識，知道不同區域可能聚集了學生或長輩，老房子或玻璃帷幕大樓，在構圖的過程比較有個準備。

走在人群裡，卻與群眾保持一種既近又遠的抽離距離。有意識地走，指的是一種敏感與直覺，不是目的。

重要的是漫無目的，例如遇見一條小巷而不自覺被吸引，便走進去看。這種吸引是一種慾望，是一種文化性的直覺，不單看表層，而是內裡的感受。每個人都有自己累積的獨特觀點。

那是一種都市待久了的直覺。

如果在台北待上兩年，週末出遊的經驗累積下，我們大抵開始具備和家鄉親友導覽台北的能力，饒河街夜市、自由廣場、台北一〇一、自己家附近的公園。那種「自己好像慢慢變成台北人」的潛意識，逐漸在心裡成型。

可如果每天都是冷漠的高樓、急促的步調，忙著工作、忙著生活、忙著各種各樣的忙著，在放棄與堅持中夾縫生存，少了一點慢下來的意識，便很容易迷失在每天家裡和工作的兩點一線裡，慢慢地就會忘了在這座城市生活的本質，不是為了生存，而是更好的活著。

如此走在南機場夜市，才有可能拈來一段故事，一個典故，一種夜市文化與經濟發展的歷史。

高效而快速的今天，世界早已握在我們手中。我們看著許多風景匆匆闖進生活，又看著它們匆匆地離開，忠孝東路的大街、熙來攘往的捷運站、每一天夕陽的魔幻時刻，我們似乎去了很多地方，卻好像一個也沒刻下痕跡。

有意義的日子是讓每天一成不變的生活，總有新鮮事。如果現實生活是纏綿在一起的長長膠卷，那我們是否能讓每一天的回憶，都留下一張最精采的照片。

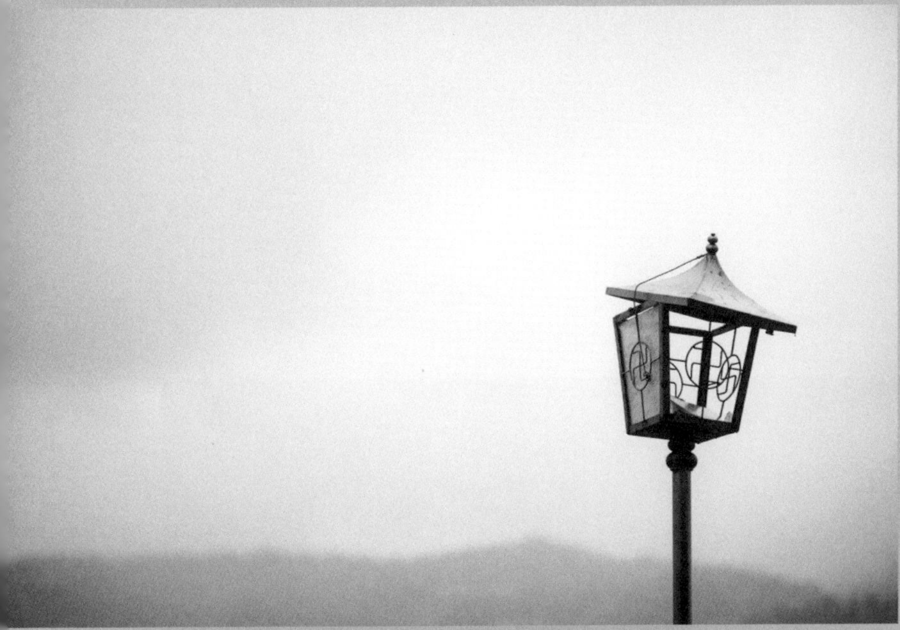

輯三

愛上的都是曾經，遺忘的都是幸福

Chapter

23

說好不在一起

Vien／26歲／女／上班族

「我們一開始就說好不在一起。」

Vien 和 Alex 在一個派對上認識，後來派對一個接著一個，兩個禮拜後 Alex 就回紐約了。

一直害怕親密關係的 Vien 覺得太好了。能有一個對象，很有默契且誠實地表明彼此的期待，在不帶包袱的壓力下窮盡親密關係才有的體驗。這個體驗太深刻，太多超乎想像的感受與啟發，即便 Alex 離開後 Vien 依舊無法克制地繼續狂歡，好像狂歡是唯一一個可以打開五感、獲得啟發的方式。

到底是喜歡 Alex，還是喜歡 Alex 帶來的這些感受？

有人的自由渾然天成，有人的得來不易。我們在幼時普遍受了傳統教育灌輸的倫理價值、意識形態，當習慣了壓抑的一代遇見了受自由精神與個人主義灌溉的一代，星星之火，或許在我們的二十幾歲都曾燎原。

止不住的火讓 Vien 奔走紐約，每日昏沉的酒精、令人放鬆的植物，所有感官在身上淋漓酣暢，在探索中讓關係達到盡致。然而，卻也因為注意力太集中在自己的感受上，沒能很深刻地認識 Alex。雖說可惜，卻也是沒辦法的事吧，總不能太貪心。

回台灣的前兩天，Vien 從華盛頓回到 Alex 在紐約的家門口，按下電鈴後一度不知道該怎麼面對他。「我無法打從心裡表現出，哇好久不見親愛的，但也不好太冷漠。」兩人就乾乾地在門口互道了聲嗨。

她看著 Alex 做飯，最後一起吃飯，也沒聊些什麼。那是一種對關係的距離還在試探的尷尬，在沒有互相承諾之下，深度的拿捏就成了藝術與默契。

「我好像感受不到愛。」從 Alex 在初次認識時說出這句話開始，Vien 大概就知道，他只會是一個過客，但不會只是個普通的過客。「也沒必要斷掉任何一個緣分，特別是這種這麼深刻的，一定有值得探索的部分。」

後來，Alex 成為了 Vien 人生中的一個開關、一塊墊腳石。她開始能把自己交出去，了解如何在關係中辨別，了解為什麼人會想要有個伴，重建自己與自己的關係。然後往下一站前進。

有的人在關係裡如魚得水，有的人則不容易進出關係。在一些有意義的對話後，找出彼此的願望，待在對方舒服的距離，讓兩個人一直能保有最自在的狀態，靜靜地給予真誠與陪伴，那是最好不過了。

當時間尺度一拉長，最後那些在心底刻下深刻體會的場景，都不是那些刺激強烈的，反而是很日常卻全心享受的，那些淡淡穩穩的場景。

Chapter

24

痛是別人給的，但傷口是自己好的

Joy／26歲／女／品牌專案企劃

Joy 去年剛結束一段幾乎占據了她所有青春的感情。

從大二和設計系同班開始，S 與她組成小設計團隊，合作過程彼此產生好感，進而交往。一開始 Joy 認為彼此的價值觀差異不小，「沒關係，哪對情侶不是互相磨合來的呢？」沒想到這一磨，就是五年。

兩人的個性很互補，彼此都有很倔的地方，但還算甜蜜，給了彼此很多成長和力量，一路以來也有不少包容。

後來畢業出了社會，工作的緣故 Joy 隻身離鄉來到 S 所在的城市工作。S 的父母早認定 Joy 就是未來的媳婦，非常盛情地「邀約」到他家住，一方面互相照應、一方面省下外宿費用。

或許因為是家中長子的緣故，S 身上背負了太多東西。家人的關愛與期盼，碰上了他高標準自我要求與重視家庭，加上卓越的表現累積，自恃與自信自然而生。

但內心巨大的空洞一直被擱著。S 並不為了自己的努力而感到驕傲或喜悅，即便有一些部分是，但這些得來不易的榮耀多是為了榮耀父母的辛勞拉拔。這與想像中的自我實現和成長不同，內心裡的巨大空洞就這樣持續擴大。

最近看了許多電影，那些從小聽話的資優生不斷地被捧高，但似乎沒有太多人能接住他們。我們期待英雄，期待有人能夠帶來改變，為家裡、為公司、為國家。

可是聽話和願意聽話是兩件事，聽話是本能，願意聽話是選擇。當選擇了聽話，誰來照顧內心裡的巨大空洞。

S的爸媽對Joy很好，視如己出當作自己女兒。但或許「準婆媳」之間也會有熱戀期，一年多以來，漸漸顯露出價值觀的衝突，特別在生活習慣上。而「準媳婦」與親生女兒之間的親疏差序，自然得要區隔，即便根本沒有婚約。

相較於尊重小孩意願，快樂學習、快樂成長的成長環境，當Joy住進了S這一家後，一天一天的生活讓她越來越無法忍受，男友夾在中間也相當尷尬。「她就是我媽，他就是我爸，她就是我姊、我妹，我們就是這樣難相處！我能怎麼樣？忍忍吧，我以後會補償妳的。」換來的是S冷眼煩躁和自己的千行淚。

後來Joy終於找了一個理由搬出來，而那陣子起S的爸媽開始冷處理，表面上說保持聯絡，好好照顧自己，但實際上心中早有結論，一乾二淨、「永不錄用」。連Joy的父母傳訊息給S的爸媽，也是已讀不回。如此不禮貌的行為，燃起了心裡的火苗。

「難道妳不覺得妳有錯嗎？」

「妳讓我爸媽感到很沒面子，難道妳沒有錯嗎？」

「妳自己回去好好想想到底做錯了什麼！」

「我做錯了什麼？」

「我只是過我自己的生活做錯了什麼嗎？」

最後一次約會，不歡而散。

生命中總有這麼個人，他比其他人都希望我們能好過，卻也比其他人都更容易讓我們難過。有時候想想，心裡喜歡或愛著的那個人，或許正是我們想成為的樣子、想擁有的人生，包括他的價值觀、做事的態度、對待另一半的方式。

當我們越來越清楚自己想成為的樣子，卻越來越不清楚自己現在的樣子。我是不是我所期待的自己呢？我是不是開心的，臉上一直是笑著的呢？

最可怕的好像不是我們當時的自私與叛逆的堅持，而是在不斷自我犧牲下成了別人期待的影子。最後才發現，是的，世界最終並沒有如同我們期待已久的那樣，也許終其一生，我們也沒能成為我們期待的樣子。

「是不是沒達成你家想要的媳婦模範，就成不了所謂的好女友？」

「是不是沒答應這輩子要跟父母同住生活、跟你一起孝順就是不孝，就是辜負你爸媽對我的一片心意？」

累積多年的委屈和犧牲，在最後一通電話裡爆炸。S一如過往裝聾作啞的懦弱，內心再不捨，行為上卻總是無動於衷。

「你需要時間，但我的青春有限。沒關係，也不用了，謝謝你。」電話裡的最後一句話，Joy總算解脫了，從一灘期待的泥濘裡脫身。她實在無法想像，還能有多少個寶貴五年，可以等他履行飄渺不定的諾言。

S成為了前男友。回頭看總是覺得怎麼這麼傻，但當下我們都以為，滿足了對方的期待，對方理當同等回應自己的期待，就這樣相互消磨，時間就走過了。

沒有人是自私的，只是為別人想的少了點，只是夢想裡少了點別人。一點一點的漣漪，最後激起了海浪。到頭來才發現原來彼此早已深陷自我想像的荒謬劇本，明知不可為，還是拚命往深海裡鑽，終將氧氣耗盡，浮上水面時已兩敗俱傷。

痛是別人給的，但傷口都是自己好的。總得經歷那些什麼，我們才開始與自己獨處。總得要遊山盡水，才漸漸明白原來最不瞭解的就是怎麼愛自己。若彼時捨為伊人憔悴終不悔，願日後亦能愛得自給自足千百回，不負好時光。

走在空無一人的馬路上，街燈把影子拉得好長好長。即使這個城市不是我們的家，但它使我們成熟、獨立，遺失愛又找回愛。

瑞興銀行
日本料理
大車輪
watsons
FamilyMart
中國信託銀行

Chapter

25

至少有自己

Weng／26歲／女／文字工作者

來到台北生活的第六年，二十六歲的Weng，與來自三重的C相遇——「這裡以後就是妳的家了。」他為了她買了一頂專屬的安全帽，安排家人彼此認識。她攀上了機車後座，跟在年輕飆仔們後頭，在重新路、三和路上放肆歡呼。那時的愛情很簡單，哪邊有愛，哪邊就是家。

在C帶領下穿梭在曲折的巷弄探險，每一個轉角都有機會與他的童年巧遇。一台機車、兩個人、五座橋，每天來回河的兩岸，每天都寫下無數故事——這是Weng第一次湧起強烈的將於此地生根的感受。

從事自由接案的Weng，自認漂泊感和孤寂感比起一般來回固定職場的人來得更濃厚，因此C就像她在這偌大城市的港灣。C亦非常珍重這艘船，日夜頻繁確認是否有妥當下錨。

然而，C的照顧有加，讓她開始變得不知道該如何自處，日常渙散，彷彿溺死在這灘愛情裡頭。過多的愛導致安逸，她也不若以往積極向外拓展更多可能。在安穩的懷抱與顛簸的闖蕩之間，Weng選擇了前者。

但到底是選錯了。因為她選的是他人眼中的自己，而不是想要成為的自己。後來C說他愛上別人，一個在音樂上已有成就的人，逐漸疏離她，不再在乎她是否安然停泊在港灣內。

好怕哪天一切都穩固了，心跳卻也不再加速了。

前年的白晝之夜，C失約了。Weng在不眠的群眾中流離，那是她第一次這麼晚還一個人在城中晃蕩。她幻想著他騎著機車跨越台北橋，為她溫柔地戴上安全帽。但此時此刻Weng只有自己，往後亦然。

望不見前路，找不到退路，過一會就回家，街上沒有風，我也不怕冷。已經忘了哪天人生開始複雜，只記得我們都在尋求一個回答，重要的人何時才能夠放下牽掛。

在台北的第八年，Weng仍在尋找一個家的氛圍。她不若當年期待他人一個現成的家。「這裡以後就是妳的家了。」這句話在兩年後，已經無法在情感中占有重量。

含淚的微笑、永不回頭的身影、風……許多變化與回憶總令人措手不及。其實並不是真的沒有時間處理，而是有時間該準備的時候沒準備。

安全感最終也只能自己給自己，現在寧可是靠自己打拚爭取而來，歸屬感由自己出發。跨上自己的機車，不知道今夜會停在哪裡。但至少有自己，在台北讓自己感到自在。

Chapter

26

記錄傷心的城市

Anny／26歲／女／表演工作者

對大部分台灣人而言，台北應該是一個圓夢的地方。至少爸媽是這麼想的、至少一開始是這麼想的。很多人甚至還不知道自己未來要過什麼樣的生活，就會先到台北闖一闖，好像至少有闖過，往後才不悔青春。

「你喜歡台北嗎？」這個問題永遠那麼難回答。嘴上說著不喜歡，但依舊待了下來，依然離不開。

身為一個中部小孩，Anny是在失戀的時候搬來台北的。搬家那天，朋友開車載著大包小包，花了兩個多小時就到了台北。新簽約的房子還不能入住，行李擱在一樓，就搭客運回台中了，前後不過半天。那天看著台北的燈火，想著以後這就是自己要生活的地方，其實一點都不快樂。

在傷心的時候來到的城市，似乎也只看到傷心。

接著她開始找工作、接案，一天一餐控制在五十元左右，用最省錢的方式過日子。喝著超商的無糖豆漿，想像電視裡的台北人一樣，騎著Ubike、轉公車，然後走路到辦公室，每天提早一小時出門。

一開始真的很新鮮，去哪裡都像在叢林探索。漸漸地越來越多老朋友開始羨慕她在台北的生活，忠孝復興、信義區，當自己真的走在那些以前耳熟能詳的地標時，一股莫名的虛榮心，自己也不知道為什麼來了台北好似就變得很厲害。

好景不常，某天半夜在租屋處熟睡時，Anny發現有人闖進她的房間。那人站在床邊，當下她立刻嚇醒，把他趕出去。當初為了省錢找的分租公寓，住戶之間互相不認識，男子是隔壁房間的房客。

Anny在房間裡不敢發出任何聲音，不敢移動房間的任何一個家具，發著抖，跑到陽台打電話給認識的人，心情很複雜，生氣驚嚇又害怕難過。

「我現在應該做什麼？剛剛是做夢嗎？」凌晨四點，所有人都在沉睡的時刻。平常亮眼的台北，這時候一片死寂。終於有個朋友接到電話，幫忙報了警。

Anny飛也似地搬離了那間小雅房，好在當時有朋友願意收留，她才在這個濕冷的城市找到了一點溫暖，繼續生活。至於與房東奶奶的押金官司，就又是另一番八點檔的戲碼了。

「有時候還是覺得台北仍舊高高在上，對自己仍舊充滿自我懷疑，但也仍舊繼續走在台北的街道上。」

許多人的台北故事是從孤單開始，而這些孤單往往只是一開始的試煉。Anny整整一年與自己奮戰，伴隨著低潮，卻始終沒有離開，好像要努力證明什麼。到現在第三年了，是那股虛榮心嗎？還是什麼？

習慣的地方很難離開，習慣的道理很難釋懷，習慣的習慣也很難說改就改。巷口的日夜徘徊，台北日子的身不由己，我們都明白。

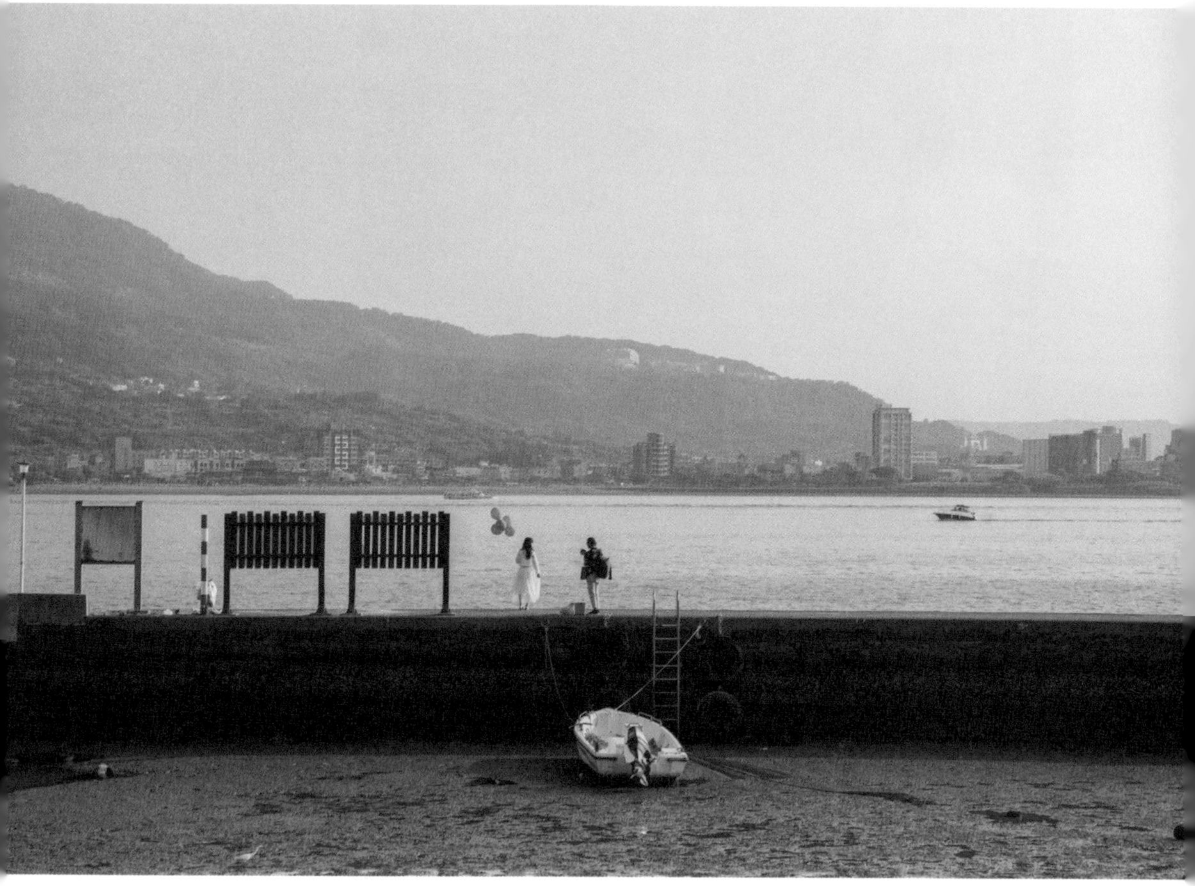

Chapter

27

砍掉重練的勇氣

S／27歲／女／上班族

「妳就沒有很漂亮，為什麼要逼我說妳很漂亮。」

我認識的Ｓ是一個乖小孩，或許和家裡的公教背景有關。從高中資優班到台大文組前段科系，社團與課業都不令人擔心，後來也很順利地在畢業後躋身台北一〇一，在指標人資外商擔任要角。

和Ｓ一直都是抱怨工作的好夥伴。面對每天的主管壓力和同事揶揄，成熟的過程好像總得有些朋友，可以在下了班的居酒屋，大啖那些同工不同酬的同事、瞎了眼的老闆，或者感情韻事。

不是很常見面，但每隔幾個月的catch up，總是讓很多想法可以繼續往前走。

後來隔了好一陣子沒見，在社群媒體上得知Ｓ已經搬到巴黎，結婚了。

結婚的對象是一個她從沒想過的人物。一個巴黎來台大交換學生的理工宅。當年在學時他們在校內巧遇，Ｓ帶他認識學校，寒假時還帶他回家吃年夜飯，體驗台灣的過年文化。

「那時候才發現他真的好木訥，不太知道怎麼跟他互動。他就一個人在三合院的椅子上搖啊搖的，家人語言也不通、也不知道怎麼招待他。可是如果我不幫他找點事做，寒假大概會在宿舍打上一個禮拜的電動吧。」

我們再次敘舊，是在結婚一年後，他們倆從巴黎回來探親。時間滴滴答答過去了兩三年，我們很容易發現對方身上的改變，社群網站的照片大致也能勾勒出一些畫面。可卻不容易察覺，過程是由哪些片段銜接而成的。

「我們應該算在一起吧？雖然當時遠距離是滿掙扎的。」S以前沒考慮過他，因為對台灣的生活還是會有扎根的期待。對於這段遠距離的關係，如果必須放下台灣的一切去找他，這樣坦誠面對的勇氣不是一天、兩天可以選擇的。

以前S嚮往的類型是有想法的浪漫男孩，最好對於文化有研究，對於價值有思辨，可這類型的男孩總是特別難以捉摸。「妳就沒有很漂亮，為什麼要逼我說妳很漂亮。」曾經一位浪漫男孩對S說的一句話，讓她至今忘也忘不了。

感情、工作，這兩者好像都不是那麼能接納自己。回想起來，從高中、大學到出社會，在保守的家庭壓力下都那麼努力地拚到了一個位置，還是想給自己一些機會，又或者說，看看這座島嶼能否給自己一些機會。

S在工作上一直都想證明自己的能力，卻屢次沒辦法得到加薪或升遷的機會。在感情跟工作彼此牽絆的情況，當兩者都不上不下、無法長期規劃而看不到未來，處在低潮時，對人對事反而有了新的眼光。

「我忽然覺得，眼前的這個理工宅，雖然沒有共同的興趣，但好像不是那麼地相處不來。儘管我們再沒話題，很多場合都要磨合，但他是愛妳的，在很多小細節上是很契合的。」雖然不是花言巧語型的性格，但很多安全感和保護，都是很實質的。「比起工作，感情應該還是可以走得比較長遠的關係吧？」一個好的伴可以相伴到八、九十歲，但好的工作呢？工作可以繼續找，可是這個會想一直生活下去的人呢？

做了重大決定後，簡單地辦了結婚登記，挑戰才開始。人資工作很看重文化背景，對於S而言，一個外地人想要在巴黎重操舊業，幾乎沒有基礎。

剛到法國的她，在巴黎的一間百貨公司發傳單。從辦公椅到服務台，從高跟鞋到平底鞋。「我那麼努力在台灣爬到這個位置，在這裡卻沒有一個人認識、了解。台大？一切都是從零開始了。」

在台灣很辛苦，我們努力找工作、趕報告，白天累得半死，晚上想找人吃飯朋友們都還在加班，一個人生活卻又存不了什麼錢。在巴黎是另一種辛苦，換了身分、換了國家、換了工作，適應每天久站八小時、觀光客的嬌氣，以及每天講法文的生活，需要砍掉重練的勇氣。

後來的S還是沒有放棄原本的夢想，在百貨公司下班的時間，每天研讀線上課程、申請學校，憑著過去的天分順利考取人資相關研究所，也在一間公司開始了學徒實習的生涯。其實也不是說誰變了，就只是世界不允許我們單純了。改變沒什麼不好、煩惱沒什麼不好，能說服自己一切都好。

S其實很漂亮，古典東方的鳳眼與瓜子臉。雖然曾經浪漫，但也一直都很務實。捫心自問一個問題，如果可以拿現在擁有的最重要的東西，去交換最想要的東西，那會是什麼？

我們是否有辦法跟S一樣勇敢？

Chapter

28

青春，我想你要走了

Fay／27歲／女／客服人員

「二十七歲分手的那個男友，算命師說我們是天和地和人和，以普通八字來說超級合的。可是我跟算命師說，此刻我們就是有問題，如果結婚我會短命。」

Fay是第三個與我分享故事的人。在她二十七歲那年，身邊很多朋友結婚生子，同時也已經有三對朋友離婚。倒不是感情不忠，反而都是些柴米油鹽醬醋茶。分手最簡單的理由就是愛上別人、移情別戀，一翻兩瞪眼。最難的理由是個性磨合，那樣子的分開讓人很難放開一段感情。

「一群人想從婚姻裡跳出來，一群人想從外面跳進去。」一個人好，還是兩個人好？這個問題，網路世代的我們或多或少都曾經卡關。

外婆的提醒言猶在耳，台北很競爭，記得要吃飽，記得要交女朋友。多年千萬里，我們每天忙得焦頭爛額，已經習慣下了班的誠品，在大眾文學、在輕小說裡尋找救贖。我們遇誰知誰戀誰，終是失去了誰。繁華是別離是辜負，最終誰與誰笑傲江湖。

Fay在那年加入臉書的揪團聚會社團，唱歌、上課、出遊。當時她做好了一個萬全的準備，如果一輩子就這樣一個人，要用什麼方法過後半輩子。朋友很重要，但要從哪邊認識新朋友？

社團是一個分水嶺，她主動踏出習慣的生活圈，認識不同的人、四面八方的人。但這最終還是回歸原點：人與人的相處，終究是個課題。

這個人是生命中的過客，還是會寫下有趣的故事？

越來越多受挫的事，隨年紀越來越長漸漸發酵。面對新事物不是說膽小，而是比較謹慎去看待。在那之前，許多的奮不顧身、衝撞體制、傻里傻氣，確實讓人受傷。或許得到的東西沒有想像中美好，只是那個傷在當下也沒有發現。

所以退縮了，會不會再次站起來，只能看看有沒有東西再推他們一把。

有些事情還是趁不懂事的時候做吧。擱著太久，少了衝動，腦子也清醒了。沒想太多就衝了，喜歡哪需要什麼理由。

和 Fay 相見的那天，下了一場無預警的大雨。在沒什麼壓力的午後，有時還挺喜歡這種始料未及的天氣，淋濕了獨自走過的歲月。如果我有帶傘，肯定不會感受到這份突如其來的喜悅。

我的青春，我想你要走了；多麼想永遠停留在剛長大的時候，就這樣反覆淋著日子，在陽台上擠著看著樓下人來人往。總覺得還有好多想做的事沒做，還是終究得帶著微笑，和你揮手說再見。

Chapter

29

時間一直都是最寶貴的事情

Bernard／27歲／男／建築設計師

Bernard一直是我很佩服的一位學弟，小我兩歲。從他進大一那一年起，他的人生就彷彿很清楚自己要的是什麼。即便不是在「正確」的道路上，他也總能善用手邊的資源，想辦法兜出一個圈，進到自己想要的坑。

印象中的他一直對建築學科抱有高度的熱忱。對他而言，建築是一個橫跨自然與社會類組，同時也餓不死的選擇：既能交代家裡與社會對科學的期待，又能滿足自己對人文的興趣。

後來考進台大、念了地理系。升大二時原本想要轉系，因為排名不夠而失敗，卻剛好利用暑假，深思、平衡利弊，好好規劃接下來三年，如何在賊船上變成一個海賊王。

既然要留在賊船上，就要善用它的資源去做想做的事。地理系是一個本科壓力相對輕鬆的系所，同時也鼓勵學生向外發展跨領域的知識整合，以及進行有目的的旅行，提供在海內外進行研究考察的機會。

Bernard後來搜刮了整個台北的友善資源，吸取免費養分，包括實踐大學的對外講座、各類院校組織的建築課程、工作坊，花了大把時間探索，發展自己的建築興趣。

大四畢業時考了台大城鄉所，後來沒念直接去服役。軍中時期考了交大建築，卻在念了兩個月後，直接申請了賓州大學建築研究所、斷斷續續邊念邊到處實習，目前Bernard人在荷蘭的UNStudio建築師事務所工作。

「以前發生的事情回頭看，錯的可能變成對的、對的也可能變成錯的，端看我們從哪個時間點往回看，最終都成就了現在的自己。但發生的當下呢？當下只會陷入對錯誤的堅持或放棄的兩難。」如果時間回到大一剛沒轉系成功的那個時間點，會發現人生一片黑白，發現自己剛剛浪費了一年。

繼續堅持就要相信當下的錯誤以後會是對的，或是即便知道自己錯是因為運氣不好，但更重要的是怎麼評估哪些是有風險的決定，哪些堅持是對的。

時間是浪費或不浪費，會隨著演進有不一樣的判斷。當後來Bernard建築念得不錯、也進了不錯的公司工作，旁人就覺得他當初念的地理系幫助很多。

「你永遠都會有覺得浪費的時候，也永遠有不浪費的時候。是否在賊船上、被迫或不被迫，如果每個時間點都全力做過，就算失敗了，學到的教訓也會比較多。」

Bernard在中間的分岔選擇了很多不一樣的路，他不斷挑戰自己在這條路上的創新，他自己說這是叛逆。叛逆是起點，為了叛逆就必須打破定在那裡的遊戲規則，在那個規則下玩出新的把戲。

可我們太多人又想要這個那個，但又不想付出，人生就是一直拿著一副安全牌，但卻一直沒有發現，其實就是這副安全牌讓我們覺得去做選擇很痛苦。

「如果你想擁有很多的安全牌，到頭來你就什麼都不會做了。如果那不是你想要的，那根本不算是一張牌。」

當我們面臨選擇，許多人會感到害怕，害怕做了錯誤的決定，浪費了時間。為什麼現在很多人在講斜槓，當做選擇的風險很高，就是要透過很多的試驗去知道成本究竟有多高。最好的情況是，確認這是不是你喜歡的事，這相當重要。

時鐘的指針每天都在歸零，可是我們的日子每天都在減少。我們好像已經花了太多的時間在後悔，念了不對的系、做了不對的工、愛了不對的人。

我知道我們念舊，可當老的那一天，我們一定會後悔還有當初做了某件事。那就別讓現在的自己繼續後悔，就這樣注視過去，跟丟了未來。

「時間一直都是最寶貴的事情，你的書一定要用這句話收尾。」Bernard念茲在茲地提醒著我。

1399萬
中信房屋

Chapter

30

我們都一樣，只是經歷不一樣

Jimmy／27歲／男／建築設計師

故事，從一位準備要存錢結婚的室友Jimmy說起，他的視覺年齡約莫三十。在那一間上下舖房型的公寓裡，和來自四面八方的大家一起住，對準備成家的他來說，要重新適應這種類似大學宿舍的共享生活，是一種心理上的折騰。

即使大家的生活作息沒有太多重疊，也因為不同理由而住進來，但都是為了相對平價的租金而犧牲了自己的私人空間，只為了在寂寞的都市建立交際圈。

很難想像這一間上下舖公寓，住滿了各種不屬於同溫層的一群人：台裔外籍的中年作家、不顧家裡反對想來台北當廚師的年輕兼職導覽員、具有透視心理天賦的考生、喝著威士忌把家裡當直播間的反派演員。聊起這四個人在公寓生活的故事，對Jimmy，甚至是對我而言，都打開了眼界。

台裔外籍中年作家回台灣的原因，是因為在國外待太久很無聊，想回來感受一下台北的生活。他都趁大家不在家的時候，把客廳當咖啡館。

「問他還習慣這裡的生活嗎？他笑了一下。」他說起他在亞馬遜發表了一個新作品，叫Jimmy有空可以去看，這引發了Jimmy的好奇，作家到底要怎麼在這座城市裡存活下來。

「其實我在台北有個房子，家裡留下的。我就把它租出去，當作自己的收入。」中年作家給了一個超乎想像的答案，原來在台北租房子的理由，不是只有來討生活這一套劇本而已。

想當廚師的年輕兼職導覽員，幾乎每天都跟 Jimmy 哭訴可能付不出房租。他每天堅持自己開伙、堅持找最便宜的原物料，甚至堅持一天只吃一餐。雖然做著廚師的夢，卻始終難以如願。

「突然有一天，他告訴大家他想回家了。」他說，來台北生活好困難，回去或許有一些機會。從搬進來到離開，中間只隔了六個月。

不過後來聽說他又回台北了，在離開差不多將近半年之後。至於做什麼工作就不知道了，希望還是朝著他想要的道路前進。

至於具有透視天賦的考生，第一次跟他聊天時，他特別關心 Jimmy 在人生中所發生的一切，問得很多，聊得很深。起初以為是興趣投緣，覺得這個室友跟大家不一樣。直到有一天，Jimmy發現一樣的問題，考生也問了每個室友。

「你為什麼想要問大家這些問題？」某一個夜晚，室友們喝著酒談天說地問他。

「其實我也沒有認真在聽你們講什麼，但我一直在思考，你們會回答我這些答案，是因為你們經歷了什麼？」當下室友們議論紛紛，認為考生怎麼把公寓當成他的臨床實驗。大家預期的是交換故事，而不是單方面被傾聽、記錄。可是話說回來，「我自己好像也曾幹過類似的事情，可能是為了自己的興趣，或工作。」Jimmy 瞬間反省了一下。

反派演員，則是放棄了上海的工作回來台灣。

「在對岸賺錢的機會這麼好，為什麼要回來？」他說，你能想像一位演員，為了拍好一部電影，讓自己沉浸在那個角色當中，而最終這部電影始終無法上映。當他拍了第二部戲也是這樣的時候，反派演員決定回來。

Jimmy不說還以為這位反派室友才三十歲，事實上他已經即將邁入四十。其實一開始很難想像一個四十歲的中年男子，要怎麼跟一群二十幾歲的人一起生活。

其實也是為了省錢。演員工作不是每天都有，有時候忙到無法睡覺、一天十六小時，有時候一兩個月都沒工作。但他又堅持不去接那些不值自己身價的試鏡。

問他會想再回到上海嗎？他說，最近很多不錯的台劇如雨後春筍冒出，劇本不像以往只有所謂的好人跟壞人，界線開始模糊。他覺得現在是台劇最好的時代，而他不想錯過。

「我們都一樣，只是經歷不一樣。」有人來到台北，失敗了回去，又重新再來。有人到海外逐夢，卻也發現台灣某種無法被取代的價值而歸來。我們的經歷不一樣，可我們也都一樣，雖然不同年紀、時間、狀態，卻讓自己在這邊共同生活。

在這類型的共居公寓，一起吃飯、觥籌交錯，並不是真正的日常。對於這些早已過了社交年紀的大男孩，更常見的是大家各做各的，不溝通、不講話，多希望回來都不要看到彼此，趕快進到房間裡，拉起上下舖的簾子，享受屬於自己的小空間。

生活還是生活，各自總能在公寓裡找到與自己獨處的片刻。在同個屋簷下，找到彼此的角落，沉浸在屬於自己的時間。

因為某個人要離開，或者某個特別的節日，好不容易大家約好晚上七點一起在家吃飯，最終還是有人放鳥。真正大家可以聚在一起的時間，反而是某個不經意的夜晚，一個起心動念，對話就開始了。

或許這間公寓就是一間社會大學，大家都來這邊選修自己的功課。終有一天我們會離開，因為很多很多理由。我們平淡如水的日子將要各自啟程，我們心裡都有數，卻也都有種滋味說不出口。

我想起了畢業的最後一天，寢室門輕輕關上的那一刻。我們都明白，以後的時間不會再有人那麼逗著混雜進每天的生活，我們不再吃著滷味、吵吵鬧鬧、扯著閒話，卻終究過著互相鼓勵、互相支持的生活。

Chapter

31

心裡最深的恐懼，是平凡

Peter／27歲／男／調酒師

第一次遇見室友 Peter，是在信義區一間炫目的夜店。當時的 Peter 是夜店訂位公關，是他從雲林的海巡退役後，出社會的第一份工作。五光十色的信義區夜晚，狂歡的電音節拍湧入耳際，他緊盯著手機上滿滿的訂位訊息，忙進忙出地招呼、搭摟著盛裝打扮的俊男美女穿過長長的人龍進場。

Peter 是大學才來到台北的彰化人，念的是自己的第一志願台大哲學系。

如果說夜店是 Peter 的第一份工作，那玖樓則是他在台北的第一個住所，一住就是三年半。搬走的那天，他已經拿下台灣的調酒冠軍頭銜，現在已經是一位知名的調酒師，也很幸運地走進國際蘭姆酒廠，為跨國品牌代言。

「我很早就知道，自己終其一生要對抗的，是平凡。」或許是終日埋首書堆而遺失的青春，又或者是來自彰化的出身，對於要在台北這樣的繁華城市努力迎頭趕上的 Peter，心中或許充滿缺憾，也深深恐懼著平凡。

都市，既是憧憬的對象，也是焦慮的源頭；當這種矛盾的念頭浮上心頭，也就把出身的家鄉拋在腦後頭。

「要留意，不要被台北人說你是鄉下來的鄉巴佬。」即便自己已經屆齡三十，每當回到老家、自己熟悉長大的地方，想要輕鬆隨意做自己時，「碗要捧好、筷子要拿對、吃飯不要太大口、不要出聲音。」爸媽還是一刻不得閒，一刻不得不嫌。

Peter最初攻讀哲學，給自己的期許是能一步登天，了解世間運行的真理，卻在過程裡倍感人生無底的孤寂。畢業前認識了夢想中的校花女友，以為所有青春的缺憾都將被彌補，卻在當兵時慘遭分手。

退役重返台北後投入夜生活，原本以為會在夜場一路玩下去，反而卻在那裡遇到改變人生的境遇。

工作期間Peter結交的一個調酒師朋友Kero，啟發了他對飲酒文化的興趣，也為他開啟夜生活裡一道不同的風景。此時的他沉迷於學習調酒，不到一年，竟一舉超越許多資深調酒師，拿下當年全球最大的調酒比賽Diageo World Class的台灣總冠軍。

這股熱情如同酒精被點燃般一發不可收，他開始努力用調酒改變餐飲流行、協助開設多家酒吧，用更有哲學思考與當代意義的概念去設計餐酒空間，讓喝酒成為截然不同的體驗與文化。後來也加入國際酒商，代表酒廠在亞洲各大城市巡迴舉辦講座，推廣他的調酒哲學，以及他對台灣餐酒文化的無限想像。

數十年前的某個暑假，我的爸媽也是一樣，離鄉到城市討生活。在那個年代，這些離鄉背井尋找憧憬的人，不是在家鄉混得很好，就是混不下去的。在景氣好時，在都市討生活；景氣差時，返回故鄉吃老本。

就這麼如候鳥一般地在城鄉間流移，相對地，那些混得很好的人，就這麼在城市裡鞏固了，漸次凝結出屬於都市的氣質與規矩。可都市在這些離鄉人的心中，終究是憧憬的對象，也是焦慮的源頭，數十年不曾淡去。

Peter僅用三年的時間就見到了以前不可能見識到的風景，而這段路也不會就此打住。一代宗師裡有一段話：「習武之人有三階段，見自己，見天地，見眾生。」Peter很幸運地在他的青春歲月裡見到了自己，也很把握機會地努力綻放光彩，以求見天地、見眾生，朝自己心中那個一代宗師的身影更靠近一些。

「念念不忘，必有迴響」。我想Peter在調酒路上所燃燒的所有熱情，或許心中都是為了無愧，當年剛上台北那個不甘平凡的彰化少年。

Chapter

32

不是喜歡你，是喜歡在一起

Dohui／28歲／女／自由工作者

住進玖樓公寓的室友得經歷過一個筆試和面試的過程。大概會問一些生活上的問題，例如來台北幹嘛、有沒有和別人共同生活過的經驗、遇到問題怎麼解決、有沒有蓄勢待發的計畫、想要與室友分享和被分享的事物。

其實就是一個互相了解的過程，畢竟室友們租的不只是一個三坪大的空間，還有一段彼此一起生活的時間。幾年下來面談過上千位想要入住的人，大概歸納出兩種特質特別適合這樣的共居生活：一、社群力，這類人活像是家裡的小精靈，讓下班的生活不時充滿驚喜；二、內容力，在某個領域鑽研很深的先知，常常帶給室友一番不同的觀察。

Dohui算是這兩種人的交集，即便在幾年前搬離了公寓，這樣的生活方式依舊在她往後的每一個居住空間裡發芽。而當時建立的那些關係，也在後來的生活裡，扮演著或輕或重的角色。

「我今天收到前室友T的訊息，T有感而發地說，他之前面試了一間新創，在最後一關被刷掉，他還記得那天晚上，我去接他、帶他去做按摩、走回家。我根本已經忘記那天我們聊了什麼，但他跟我說，他遇到當時一起面試那間新創的面試者，很慶幸後來沒有選擇留在那間新創，他現在才能自己創業，做自己喜歡的事情。」

Dohui隨口道出了這一段往事，就像再平常不過的日常攤在時間長河裡，卻總是能在某個時間點，閃閃發光。

當時最開心的是大家一起煮飯、吃飯的日子。Dohui跟室友T比較常待在家裡，一時興起就在臉書群組問大家，約在超市，然後室友L剛好下班，就會去超市幫忙提東西。

關鍵是客廳沒有沙發，沙發是彼此軟爛的元兇。取而代之的是長桌，大家各占一角，做自己的事，很像咖啡館的感覺，但卻是在家裡。有人在回信、有人在處理客人的訂單、有人在廚房準備食物。

有時候會有室友的朋友來訪，小則三五姊妹、大則生日派對，每個月一、兩次，接觸一些新朋友、新的關係，對於厭倦網路交友與社交場合的城市新住民們，把社交關係跟閒餘時間放在同一個居住場景，某種程度也降低了一些生活的成本。

大家稱不上是家人，卻真實地扮演了互相關照的角色。透過一同生活修補彼此，重新檢視自己的生命；平時抱團取暖，總有人能接住彼此的脆弱。

「還有一個喜歡的場景，是睡覺前的對話。」那時室友T跟室友L與Dohui住在同個房間，雖然同處一室但中間有個書櫃，半掩半開放讓彼此保有一個隱私的距離。

窗外的路燈在樹葉枝枒的飄動下忽明忽暗，在夜裡不用看到彼此，還是可以自在地講話。聊著L新工作的不適應、T想要做的事情，以及Dohui自己在論文與事業之間的拉扯，掙扎著要不要放棄學位。

後來Dohui越來越依賴這些室友，懷疑自己是不是喜歡上了L。當太習慣自己一個人生活，那種喜歡變成是，Dohui會去照顧身邊的人、問他要不要回家吃飯、看到襯衫縐了會幫他熨燙，即便知道L喜歡的是男生，還是會去做這些喜歡一個人時會做的事。

「走在天橋上，看到夕陽很漂亮他會停下來說：『欸，等我一下。』」這讓Dohui後來也習慣了為美好的夕陽而停下腳步。對於那些一起做飯、聊心事、一起出去玩的日子，特別是從來沒有過的Gay Bar體驗，後來她漸漸分別出這不是愛，不是想要跟這個人永遠在一起。

純粹就是喜歡跟這個人在一起的感覺。

在共同生活的關係之間，跟刻板印象中的「另一半」有很大的差異，卻是當今主流的價值觀與經驗裡，很難有類似的經驗去類比的夥伴和關係。

後來好在有一段的沉寂，在調適之後，我們還能重新拿捏出彼此都舒服的關係與距離，找到自己的位置。雖然現在大家都已經搬離了那間在溫州街的三樓公寓，我們見到面的時候，還是會擁抱彼此，還是記得彼此最愛吃、最討厭的食物，還有懷念那些曾經接住彼此的夜晚。

Chapter

33

下過地獄的人才配擁有天堂

syu／28歲／女／作家

「下過地獄的人才配擁有天堂。」

還記得一開始在線上討論時，syu爽朗地回應我的邀請，在看不到表情的視窗裡，她的開朗好像要從文字滿出對話框外了。交換故事的那個午後，我們約在政大附近的一間河畔咖啡館，陽光正好。

她的以前並不輕鬆。母胎出生後就有分離焦慮，只要媽媽離開視線，就會哭到她回來。高中與很好的知己疏遠，每天都以淚洗面。心理治療師在她的生命裡出現，那是syu第一次認知到焦慮症——因為沒有規律的飲食與運動導致的自律神經失調，會在日常中找一件事件來焦慮，放大內心的恐懼，即使那明明是一件不會發生的事。

來到台北，遇見大學時的初戀，讓她從小時候的悲觀，慢慢成為一個樂觀的人。然而在一次對方要去學校趕工畢業製作的時間點，她的分離焦慮症又犯了。

「我哭著要他不要離開我，甚至有傷害自己的念頭。但他就是得出門，我也沒傷害自己，而是走向附近的精神科求助。」

「克憂果。」從此，這個藥就出現在syu的生命中。

心理醫師教導她用正確的觀念去看待世界，用理性去看待身體的狀態。

三、四年來，syu慢慢學會控制它，善用它變成她的天賦：寫詩。

二十五歲時的曖昧對象，送給她一副拼圖。但她都沒拼，至今也不知為什麼。之後syu盯著那還沒拼的拼圖，拍了一張照，寫下人生第一首詩：

「你給我的拼圖我一直沒有拼／就像我們的感情／我要的回應／你從來就沒有聲音／所以到了最後／我們的愛／就只能碎在一起／沒有在一起／卻被沉默藏在盒子裡」

她的敏感體質，加上對人性的興趣，可以觀察到一些別人不會去思考的事情。當秋天換季，焦慮症的好發期來臨時，就是寫詩最多的季節。太忙忘記吃藥的那幾天，整個細胞彷彿被打開，當下的感受被放大，她便敏銳地抓到此時此刻的情緒，以及埋藏在背後的情感：平常看電影可能不會掉淚，但那時每個細節、每句話都能使人感動。

「下過地獄的人才配擁有天堂。」這句話雖有些誇飾，可卻不難在反差中看見她當下心理的掙扎無助，以及後來的轉變。

幾年前失戀時我也曾經掉入類似的情緒裡。有時候在人生中經歷的那些混亂與轉折，會猛然失去控制，會折磨自己到半夜兩三點，會將我們逼到懸崖邊。只要再往前走幾公分，就什麼都失去了。你知道，以前睡前會想起的那張臉，不會再回來了。

好在還能寫些東西，讓心情沉澱、讓思緒疏通、讓自己比較好睡一點。後來發現，那些被情緒波動的文字，竟然比小酌兩杯還要醇厚。當下次再見的時候，也許已不再像孩子一樣活著，也許那時候不會和當時一樣悲傷，因為彼此不再如此重要，或者我們都已經堅強。

以前我們還天真地以為，只要自己願意，隨時都能夠輕易回頭，走回過去的一貫軌跡，彷彿無關緊要地繼續安靜走下去。但總有那麼一絲什麼，它牽動了原本的平衡，喚醒了焦慮，以及被掩蓋了兩、三年的不安，特別是當一個人獨處、安靜的時刻，這樣的新視角總是對現在的自己產生新的意義。

寫作很棒，只要不舒服時寫作都能解決。syu 最喜歡的詩人任明信曾說過：「當你沒辦法寫詩的時候，就好好活著吧。」我很喜歡她的詮釋，或許也是很多創作者的兩難：當你快樂時是寫不出詩的，當自己感到挫折，感到為什麼寫不出來了，那就好好地活著吧。

syu 很幸運，相較於其他焦慮症患者，只要一顆克憂果就能解決所有問題，還能寫詩，並擁有許多關心她的人。二十八歲這年她蒐集自己的詩集，投稿給出版社，在六月二十二日那天辦了新書發表會。

《嗑憂果》是她的書名，也是她封存過去，向未來前進的結果。

「那天對我來說好像是人生的終點跟起點。」在場三十幾個人，全部都是認識的人。有點像婚禮，自己一個人在台上，台下媽媽在、同事在、朋友也在。syu 分享了人生中所有重要的、黑暗的事，那天她把自己真實的一面讓世界知道了。

「我跟他們說，明年的今天我要去環遊世界。」對她來說，這是一個開關，syu為她的焦慮症，寫下句號。

有時不是放下，而是想開了。可能是因為寫作的習慣，使我們學會了思考，更加看清身邊的人和事。我們走在政大的河堤邊，空氣似乎變得很安靜，只是偶爾聽見一些蟲子的叫聲。傍晚的天空不是很亮，烏雲遮蔽了夕陽。不知道什麼時候，夏末晚風輕輕襲來，我突然感覺當下時間被切割了，好像看到以前那個孤獨、倔強、不知所措的自己，慢慢地和我揮手說再見。

木柵路三段
MuZha Rd. Sec. 3
木新路一段
MuXin Rd. Sec. 1
246-242
RUINS
Coffee

Chapter

34

長大是一段回不去的遠行

T／28歲／男／創業者

室友T說，他最喜歡家裡的冰箱，那是讓彼此打開對話的地方。他總是習慣在餐桌上工作，每當有人從客廳穿越廚房，到冰箱翻找食物，總是能搭上一兩句日常。我們一起在這邊找到生活的細節，好像只要路過就不會被遺忘，墜落就會被接住。

他說，被邊緣化的時候總是特別想家，但更害怕跟爸媽講電話不知道說什麼，笑自己傻瓜。我們小時候都曾經在南投的紅土台地上奔跑，每到春分時節，水氣慢慢隨山坡滑升冷卻，山嵐不一會就在丘陵上成了霧。此刻正是鳳梨、落花生播種的時節，台地上的農家們蓄勢待發。腳踩在鬆軟的赤紅色淋溶土中，微微陷入，準備吐露醞釀了半年的精采。深深吸一口，鼻子通了，肺也沁涼了，

這十年來，我們都離開了不想離開的人，告別了不想告別的老家。在地緣上，已經叫不出任何街坊阿婆的名字；在血緣上，昨天才加的臉書好友，比表弟更加熟悉。家，是內心深處的土壤，還是遠方已遠的遠方。

青春剛來的時候我們沒有察覺，那時的性格叛逆、年少輕狂，就像剛離開舊情人來到台北浪流連的小夥子：錢要給得夠，心也不能太委屈，才撐得起我在這座城市的驕傲放縱。雖然夜晚的街上總有段空缺，感情也常露宿荒野，孤單總有處想念，可是以前的回憶都已經朦朧遙遠。

愛上的都是曾經，遺忘的都是幸福。

一直到後來，工作被困住，生活被腐蝕，當人生最重要的事情都還沒有個解答，到底這個我們愛的台北，最後是誰會停下把我們接住。

我們活在一個適合懷念的年代，我們像爺爺奶奶一樣，懷念小時候曾經生活過的，那座靜謐、髒亂、落後，卻又充滿人情味的城市。因為我們確實見過她。她像晨光熹微，像明月清輝，是心上人的印子，是你我最初的模樣。

我不知道我們是否在內心的最深處，對於過分熟悉的事物，有種天生的反骨。每次返家，明明聽多了父母的叨念，放空懸念不再執拗，可是一旦坐上高鐵窗邊回台北，望向遠方卻又開始想念。

南投與台北之間，一個小時的車程。從台地的紅土路，到高鐵車站的大理石地磚，再到捷運三號出口。離別數十年，和故鄉的情感是否真的要從熟悉變為陌生，那份好感或眷戀才能重新建立。

當哪天我們都搬走了，當哪天我們不小心在台北分開了，迷失在這座城市、迷失在太浮誇的情感裡。我想，台北的街頭大概還是溫柔的；我想，這個城市或許就錯在，遇見容易、再見太難。

時至雨水，紅土的台地上又開始了新的一季播種，時間在變，人也在變。長大是一段回不去的遠行，回憶是一場忘不了的相逢。若沒法在這樣的季節裡等來一場雨，也希望能在未來的歲月裡還有機會陪伴你。

輯四

閃亮的時刻，是為了證明一開始的決定

Chapter

35

祝福我們旅途愉快

我／28歲／男／創業者

做了玖樓後常常受邀到其他國內、外城市演講，甚至是參與顧問規劃的工作。曾經有一段時間時常往來台北、台東之間，與客戶開會、田野調查，縣內南來北往的奔波、數不清的溝通協調。雖然說不上是常駐台東，卻也幾乎要成為地頭蛇了。

在那段時間，每每在台東機場準備搭飛機回台北時，看著觀光客們依依不捨準備返回崗位的眼神，對我來講卻是放假的開始。那是一段很難理解的日子——我要回台北放假了，我要去台東工作了。

週間的國內航班，沒有墨鏡、沒有夾腳拖。領帶、聯合晚報、英國梨與小蒼蘭的香水，占據飛機裡的每一個艙等。有時候落地時是深夜，飛走的時候也是深夜，與客戶簽約、會議、演講、握手，緊湊的行程有時候甚至沒能認真看一眼這座城市，只有來往機場的一片漆黑和數不清的飛行導引燈。

往來台東的四十分鐘，我們的孤獨就像在天空中飄浮的城市，彷彿是一個秘密，無從訴說。現代的我們無時無刻不在旅行、換手機sim卡、用新的語言與人溝通。這樣的日子一旦久了，就多麼期待能賴在信任的人身邊，在床上把腳抬得高高的，攤開自己的所有包袱，懶那麼一個下午。

那時才理解到，搭飛機是一種修行。

報紙的社論頭條、等等要給客戶的提案簡報、機上還原蘋果汁的保存期限。看著窗外中央山脈的山嵐，抑或是一片漆黑的雲層。腰帶上的拉環拉下即可自動充氣，我們即將進入一段不穩定的氣流，台東的攝氏氣溫二十五度，例行的廣播已經成為習慣。只是我時常摸不清的是，今天到底是幾月幾號，現在我在行事曆的哪個點上，雲層底下是哪座城市，哪裡是北邊，我該去哪裡。

生活的奮鬥總是孤單的。

或許這就是為什麼我喜歡觀察機場的原因，穿梭在整個航廈的繽紛衣著與行李背後，猜測每一張臉孔底下的語言和故事，還有每一趟飛行的動機與目的。可能離境前剛與家人深切地擁抱，可能幾小時後要在數千公里外理清一段關係，可能會在遠方重逢走失的自己，感謝我們都沒有在原地繼續徘徊。

或許我們會在一個陌生的地方找自己，或許。遠方，讓我們又孤獨，又幸福，一路煙雨朦朧，看不清方向，但就是不想固守著一處過著循規蹈矩的生活，不想一望眼就看到六十歲，每天擔心買菜、煮飯、天氣、隔壁鄰居的這些瑣事。

最後登機廣播，開啟飛航模式，祝福我們，旅途愉快。

Chapter

36

晚安，明年見

阿明的爸爸／29歲／男／居酒屋師傅

燈籠的昏黃，明滅間映照著居酒屋師傅的手臂線條。擠過了吧檯的嘈雜，一路到店門口，跨年的放縱夾雜著燒烤的煙燻，幾乎都要漫到街上來。雖然是冬天，但廚房的高溫還是使圍裙下的師傅流了滿頭汗，他把肩上的毛巾用力在臉上擦了擦。小巷裡一陣寒風吹來，他不禁打了個哆嗦，好不容易找到一個沒有人的空位，打開視訊，在手機裡努力對準自己與煙火的角度。

「你有看到嗎？對啦！這就是煙火。」

「……」

「好，跟媽媽乾杯。」

視訊那一頭，數百公里外，男孩依偎在母親身旁，配著背景的電視機輪播各地天空的光彩奪目。那是一個海邊的小漁村，港邊的老舢舨因為連假難得歇息，滄桑斑駁的塗裝順著浪波，發出咿咿啊啊的聲響。不遠處一些小夥子點燃了沖天炮，劃破了小鎮的靜寂。

這裡煙火璀璨，巨大聲響混雜著酒瓶的碰撞和屏息以待的願望。店門外的攝影師努力地在每一次的快門之間，修正快門與光圈的參數。確實，在這個偏向下風處的拍攝點，要捕捉美好的瞬間除了技術，更多的還是運氣。

我們不再留意月亮的圓缺與海潮的起落，外婆曾經說的話，也漸漸喑啞：你是海邊的孩子，不要忘記海浪的聲音。

台北的燈火太閃耀，路口的紅綠燈、同樣的秒數、同一班公車。街上總有些故事，故事總有段空缺，空缺總有處想念，每一個當下的炫彩奪目，回憶已經漸漸失焦。

街上的人們與朋友互相擁抱、與陌生人互道恭喜。不過一會的時間，煙霧已經遮蔽了觀景窗的大部分構圖。三分鐘的煙火真的好短，卻也認真地刻劃了一年的努力、堅持，與放棄。

工作的里程、感情的挫折、同儕的揶揄……這一年來，哭過、笑過、叫過、累過。被城市洗禮過的依賴與驕傲，短時間內應該是放不下了。

「嗯，新年快樂。」

「……」

「阿明，跟爸爸說晚安，阿爸要繼續去工作了。」

Chapter

37

這是我弟弟

Angela／29歲／女／顧問業

「這次出題老師放水，低於九十分的人起立。」

「你怎麼健教才考八十八，你不是那個誰誰誰的弟弟嗎！」從國小到國中，大我九歲的姊姊一直以這種形象存在我心中。一路第一志願、科系任選、叱吒在我幼年的每一段成長軌跡，她用大部分的努力和一點點的運氣，在我們習慣的那套規則裡，闖出不得了的成就。

記得第一次來台北找姊姊，我們在公館溫州街的美式餐廳點了兩份漢堡。姊姊把自己的一半分給我，那是我來這座城市，吃過最好吃的漢堡。鐵板煎著漢堡肉的滋滋聲，溫熱盤子裡薯條沾滿黏呼呼的起司醬，還可以用來集中盤子裡溢出的肉汁。

高中畢業後我也努力擠進台北。練習一個人在台北生活並不容易，特別是習慣了爸媽關愛的老么。一個月九千塊生活費對隻身來台北的菜鳥，每天三餐、交通、朋友的生日禮物、卡拉ＯＫ……在沒有金錢觀念和太多朋友的情況下，時常叫苦連天。

那時在台北只要有好料的，姊姊都會打電話給我。不管是在家裡，還是在飯店餐廳、私房小店，隨時一通電話，是一種習慣了的溫暖。從我來到這座陌生城市起，她見到每一個人都會說，這是我弟弟。姊姊的這句話，藏著一種期待與鼓勵，至今我還記憶猶新。

那間在溫州街的美式餐廳早已歇業。同個地點這幾年來陸續換了好幾手，從咖啡館到酒吧。可每次散步經過時總忘不了，那天下午客人與外籍店員的談笑聲，明亮陽光射進窗戶曬得我瞇上眼睛，還有姊姊臉上散發的自信光采，那是在台北生活了好一陣子的自信，是我好久之後才領悟到的自信。

身為一個生來爭寵的弟弟，幸福於我而言理所當然。身為老么的我，要一直到很後來才知道什麼是妥協，而姊姊在她九歲時就已經開始練習。我不知道當時的她是否討厭我的出生：第一次得到些什麼，也失去些什麼，練習獨立，不尋求依附。

外向好勝的她，沒有搞不定的事。而內向害羞的我，敏感細膩、依賴又猶豫。在十八歲離開家之前，我就是那個永遠長不大的小孩，因為不管怎麼樣，姊姊都會選擇站在我這邊。

一直到她二十九歲結婚那天，我才意識到她有自己的那邊了。回頭一看，我只剩下自己跟自己一隊了。

後來我們越來越忙，姊姊也越來越少打電話給我。這個城市的秋天傍晚風很大，常常在打開公寓大門後，練習自己享受黑暗。

喜歡姊姊，喜歡她總是在大家面前亮麗光鮮、笑顏如舊，傾聽撫慰、舔拭傷口。可她是否也和我一樣，一個人在漫漫長夜，獨自面對美好與醜惡，望著窗外黑暗的空洞。

來到台北的第十三年，我依然想念溫州街的漢堡，也想念那時候的陪伴。長大很好，可也很遺憾。謝謝妳陪我走過了很棒的那幾年，每一通電話都是鼓勵，每一封訊息都是肯定，我過了一個很棒的童年，多謝指教。

Chapter

38

愛不會被遺忘

Y／29歲／女／創業者

「媽我想妳了。」

那天早上下著雨，室友Y去上班的路上突然很想念。打開和媽媽的臉書訊息，發現上一則以吵架收尾，訊息停在十個月前的冷戰。看著自己最後留下的幾段話，一時半刻不曉得怎麼開口。

Y現在在台北開了一間店，販賣生活風格，這幾年在網路上頗具聲量，吸引了許多對美好生活懷有嚮往的靈魂們。

鮮少人知道的是，好幾年前我們曾經在河濱公園的天橋一起度過的青蔥歲月，滿是踟躕與掙扎：一個是對岸收入穩定，且可以立刻看到影響力的新創科技業工作。一個是留在台灣，努力嘗試自己內心的理想渴望，卻還未被驗證的商業模式。

後來經歷過一個選擇，如此一翻兩瞪眼。

在這幾年的過程裡，最令人感動的是，即使有時候連自己都不確定最後的終點會到哪裡，可半路上殺出來的，卻是更多令人意想不到的貴人，他們帶著信任而堅定的眼神看著自己。

可是媽媽呢？她的焦慮和擔心，從我們出生一直綿延到後來的後來，誰來給她同等的安慰。

即便有時覺得她們古板保守，總是活在過去的風華歲月，她們仍是這家裡的一分子，每天伴著我們生活。每當我們倦了、忘了自己是誰、為何而來時，她們永遠在那裡展開雙手，等著我們回來。

總以為和媽媽中間隔著很多生活，各自寂寞、各自閃爍，而這些年頭真的好多焦慮，充斥在各個世代。我們愛彼此，卻更愛自由。這麼多人、這麼多年，答案自始至終都不是承諾，而是沒能好好把握。

我們都聽胡適先生說過，可卻是到現在才漸漸明白，世間最可厭的事莫如一張生氣的臉，世間最下流的事莫如把生氣的臉擺給旁人看，這比打罵還難受。從一座城市到另一座城市，只有靠自己努力，學會長大，學會承受，學會哭過之後，還可以微笑地擁抱爸爸媽媽。

南方吹來的風不若台北濕冷，一座遙遠的南方城市，有著前所未有的溫暖。回得去那個地方，可是回不去那時光。

不管工作再怎麼辛苦、怎麼忙，回憶雖然會消失，可是愛不會被遺忘。

발 마사지
フットマッサージ
入口

Chapter

39

喜歡這世界，是一輩子的事

D／29歲／男／上班族

「你在哪？D在推特上發了一張照片，從頂樓往下拍。他電話都打不通，你趕快過去。」一年前的春節連假，大包小包地提早收假回台北，出閘門的前一刻接到朋友電話，立刻搭回反方向的捷運。

D家的一樓大門半掩，三步併兩步直奔老公寓頂樓。梯間燈火通明，陽台漆黑不見人影，巷弄間的風很冷。

幾分鐘的焦躁與不安之後，才發現D在頂樓的沙發睡著了。過年期間他沒回家，都在台北忙著搬家，忙著面對伴侶離開所留下的傷。

回憶總在搬家的時候洶湧而至，斷捨離，最難放下的都不是那些手邊物件，而是曾經的美好。

愛從來就不輕鬆，曾經那樣愛著一個人，到頭來還是沒法在一起。後來的後來，我們才知道，愛沒有絕對的公平。哪裡有幸福的時光，哪裡也會有遺憾的日子。

當所有社群媒體上充斥著對過去一年的感謝以及新年的期待，當自己所有的認真與投入最終陷入理不清的迴圈，這有點像是一場孤獨森林裡的演唱，而他，是自己唯一的聽眾。

我知道身為朋友，有責任讓D多記得一點這個世界帶給他的快樂。

幾年前曾經和D在同間公寓一起生活，他總是能讓家的歸屬感在客廳裡自然而然發生。D是個非常厲害的業務，表面上浪漫自由、可以掌握自己的時間，其實需要對自己完全負責。佛洛伊德說，大多數人並不真的想要自由，因為自由包含責任，而大多數人害怕責任。

而他是那個自由，又有責任感的人。當我們感嘆選擇太多，不篤定該做什麼的時候，他總是能把一切料理好，像個媽媽一樣關照大家。

陪伴的日子不容易。

我們心裡都期待那樣的漫長冬日，一個好像沒有盡頭，卻又能被穩穩接住的日子。穿著毛衣的我們，踩過厚厚的落葉準備赴約。時間或許讓人麻木，但青春不會。在不斷告別、不斷找尋、不斷嘗試之中，想擁抱的人、想到達的遠方，都等在熾熱溫暖的未來。

喜歡一個人，只是一瞬間的事，喜歡這世界，是一輩子的事。忘了後來到底經過了多少時光，至少真真假假的這世界，並不缺少真誠對待我們的人。

1-6
出口 2
出口 4
出口 5

Chapter

40

走過閃閃發光的日子

Annie／30歲／女／顧問業

如果你能征服紐約，你就能征服整個世界了。

我站在時代廣場一旁Annie所處公司的總部，四十層的玻璃帷幕看過去，對面是一棟老舊的辦公樓。左邊的辦公室，一名女子正在試鏡，渾身散放著內功。隔著一道牆看進右邊的辦公室，另一人來回踱步，一手拿著劇本，一手展現著豐富的肢體語言。

平常觀光客的視角大多都在一樓張望，在中央公園、熨斗大樓、九一一紀念館、中央車站之間穿梭徘徊。有時不禁感嘆，那些在四十樓以上出沒，占據著城裡最好的視野、採光與高度的，到底都是何方神聖？

去過曼哈頓的人多少都有感覺，在地鐵亂竄的老鼠、夜裡街道堆滿的垃圾，和走在帝國大廈底下一身時髦皮草的靚女，形成一幅有趣的對比。

所有人都是來這裡打工的。十八世紀以來，各式種族的移民在原生國的推力下，陸續來此追夢，一八五〇年的愛爾蘭、一八八〇年的猶太人、一九二〇年的非裔移民。好的位置已經先後被占據，後來的人只得在邊郊努力，隨著時間的更迭、洗選，躋身中城。

在這個藝術文化飽受推崇的城市，數以萬計的遊客每天湧入百老匯、音樂廳、街頭巷尾的表演場所，觀賞日復一日的表演。

在這裡，被看到的機會很多，壓力卻沒有比較小。

這些人大多住在曼哈頓近郊的布魯克林、布朗克斯，新移民的落腳處。地鐵站附近的商業區不外乎藥妝店、指甲美容院、髮廊、雜貨店，再遠一點就是一排又一排的舊式公寓，充滿著塗鴉與聽不懂的語言，冷風中吹起一陣陣蕭瑟。

每天想辦法把自己弄得美美的，搭著地鐵趕著去城裡試鏡，爭取一個沒有薪水的演出機會，等著被世界看到。你住在上萬人的城市，過著一個人的生活。每天同一班車，同一個目的，為著不同的未來。

在舞台上，你演出了一百種美好的人生，卻過著一個人晦暗的生活。

記得剛到紐約時，第一個挫折是花了二十美金添購飯店沒有提供的牙刷牙膏，這才知道，原來美國家庭對小朋友的自信培養極其重視，體現在對牙齒保健的用心。每個人都有屬於自己適合的牙具，或軟或硬。不管準備得如何，當我們必須勇敢展現笑容時，不能被糟糕的牙齒毀了一切。

在那列往布魯克林方向的列車上，可愛的黑人帥哥瞄到我的鏡頭，想辦法探出頭來擠進我的構圖。閃亮的牙齒和自信在倏忽幾秒間，消失在我的世界裡。我們每天在爭的，不過就是那幾秒。跟上司提報、和愛人擁抱、被世界看到。

這裡有夢，但更多的是真實。走過閃閃發光的日子，拔光了身上的刺，有稜有角的年少終有一天被磨平。學著不露聲色，練習幽默，對討厭的人微笑。

下班時的四十二街，雜沓而迷人。克萊斯勒大廈、中央車站、公共圖書館，高樓巨獸排排站。那些四十幾層樓的世界，應該有很不同的風景，又或許，有更多我們無法理解的壓力吧。

York
Street

Chapter

41

生活的儀式

YK／30歲／男／創業家

最近遇見了一位工作不會累的朋友ＹＫ，以前他可以早上七點進辦公室，晚上十點回家，現在他一肩扛起新創公司，一肩扛起兩歲女兒。他是令人信賴的主管，同時也是女兒的英雄。他是怎麼做到的？

「我們是不是只做自己做得到的事，而非去做那件自己覺得對的事？」對他來說，工作一定要是學習與挑戰。

我們滿常陷入這個困境：當事情重複一段日子後，每天最像工作的時候，就是當那件事不是我們想做的事的時候。以前自己剛創業，常常整天東奔西跑，晚上十二點癱在椅子上回想今天到底做了什麼事，想了好久還是覺得腦筋一片空白，總是一直在裝忙。天天不斷有新的問題產生，不斷去思考解決方案，不斷去著手處理，每天的八小時在有限的資源下規劃一個可以被接受的方法。

這一定會忘記初衷的。

我們後來臉上掛起習慣的微笑，轉過頭心裡卻皺著眉，壓抑住想怒斥某人的衝動，因為我們知道選擇繼續和他合作是比較明智的。可我們都忘了要思考，思考自己當時為什麼要來這裡。

ＹＫ擁有多次創業的經驗：魚塭養魚、設計景觀隔音牆、物業管理、寵物鮮食、鞋類殺菌處理機、小農系統化養雞，看似找不到一個前後關聯，但初衷都是讓傳統產業創新。

他會刻意在工作中分配吸收知識與產出所占的比重。早期在工作時是20／

80，現在創業時則是50／50。不管是跑現場、與客戶開會、演講，都是吸收學習的機會，確保自己到底是在做對的事，還是只做做得到的事。

ＹＫ每天七點進辦公室，最晚十點才回去，因為在同事上班前、下班後，是「最安靜、最能充分思考的時間」。工作很雜，看似沒有生活，但因為很多時候在學習、挑戰新的經驗，所以過程是很有樂趣的。正因為面對的是傳統，所以處處都有大顯身手創新的機會。

工作一定有喜歡跟不喜歡的部分。我以前曾經有一份工作，在規劃設計的部分相當有趣，每當跟業主提案時，熬夜加班在所不惜，但溝通管理的部分卻讓人痛苦萬分。後來我決定為每週的工作做一個心理上的區隔：穿黑色襯衫，代表那一天是要處理規劃設計；穿白色襯衫，則是處理溝通管理。

穿黑色襯衫的日子，就處理富有挑戰性的工作、提案，如果不小心被溝通管理侵蝕了，我會有意識地在隔天穿白襯衫的時候，適時補回規劃設計原本該有的時間。如果我們很難在時間上做一個有效的管理者，可以靠很多的外在符號、儀式感來幫助自己。

後來才理解，不管是刻意區隔出吸收與產出的時間分配，還是提早到公司享受一個人的思考時光，或者是每天有意識地選擇衣服的顏色，對比以前那些沒有儀式感的日子，現在每天的八小時不再輕易溜走了。再普通的小事，也能帶著儀式感從心裡重新定義；只要目標清楚，每天都是一種練習。

BEVERAGE

Chapter

42

全世界只剩下我們和自己

B／30歲／男／英國博士生

「為什麼我一定要做那些工作？」

B那年提了博士班申請書，對英國的生活很嚮往。那是二〇一五、一六年之間，台灣狀況不好，他做了幾份工作，在新創企業上班、跟過教育部的計畫，也在立法院待了一個會期擔任研究助理。工作期間很開心，認識很多人，但長輩總認為B不務正業。

這份壓力帶給B很多限制，過去的經濟商管背景也變成包袱，壓得他喘不過氣。又或者說，某些亙古的價值主張，使人不覺得這座島嶼是自由的。

當B順利拿到博士班的錄取通知時並沒有很想去，反而陷入了困境：一邊是自己做得很開心的工作，讓他無法割捨；一邊是來自家裡對未來的關心，讓他覺得綁手綁腳。

幾年前念研究所時問了老師，我的下一步往哪走比較好？自己曾經也想出國念書，或者再累積一些工作經驗。老師沒有多說什麼，只問了我一個問題：你覺得你這輩子，最大的投資會是什麼？

身處這個年代的我們並不會因為擁有更多能力和本錢，而變得能做更多選擇，反而因為「擁有而不敢做選擇」。你長大後要做什麼？你大學的主修是什麼？這些問題從小時候的玩笑話，變成長大後的夢魘，特別是與長輩的對談間。我從來沒法用一句話、三十秒，告訴別人我在做什麼事情，以及那件事對自己、對未來有什麼意義。

我一直相信，人生不一定是在其位、謀其政，把一件事情做到最好不一定適用於每個靈魂。我們一輩子可以有很多興趣、很多工作，在同一時間裡，如果能自由遊走在不同學科領域之間，將可能產生很多未知的火花。

「可是待了三、四年後，我覺得我一開始對英國的想法太浪漫了。」

B申請英國的銀行帳戶，兩個月才開立。處理租屋合約時房東愛理不理，還得動用存證信函。某次去PUB跟一群亞洲朋友喝酒，旁邊的中年白人男性跟酒保說：「他們亞洲人就是不會點東西，只會看看而已。」

即便在倫敦這麼多元的地方，也不是所有的異己都會被接受。過去在台灣覺得很糟糕的對立價值，B應該也是直接貼標籤選邊站。但在倫敦的三、四年，開始覺得可以用同理心看待這些事情，站在對方的角度，先去理解對方所處的環境、背景，再進一步思考為什麼他們會這樣想。

如果直接貼標籤，反而是把彼此推得更遠。

在台灣生長二、三十年，我們確實很容易把很多不好的地方放大，也很常在字裡行間透露出島內的混沌，與對異國的嚮往。我們只會看到並放大那一個缺點，看不到另外九十九個優點。

B的博士生涯，四年後也差不多該思考下一步規劃了。如果留在英國，即使可以在那邊找到工作，能否被接受成為一分子，是另一回事。如果回台灣工作，心裡又有一些疙瘩揮之不去。

「你是不是在國外找不到工作才會回來？」這又是一個亙古的價值，縈繞在許多旅外年輕人心上。這三、四年B能回來台灣就盡量回來，而且待很久。幾年前的過年要回台灣時，B問家裡要不要帶什麼東西送給爺爺，才知道爺爺已經走了。

「他不想讓你知道，爺爺說你一定會立刻飛回來。」遠在離家十幾個小時的地方，他知道自己已經錯過了很多重要時刻，「到目前為止我已經放棄夠多了。」

B剛到英國的第一年，異鄉的台灣人們會一起喝酒、聚聚，時間被填得很滿。直到第四年，大家都各忙各的，去做田野、參加研討會。B突然因為多出很多空白時間而感到焦慮，這些時間是該睡覺、看劇，還是……？

對於未來，或許我們都沒有答案。工作的選擇，就是自己對生命的選擇。也許，過去的我們從沒想過工作對自己生命的意義，一路到畢業以後，只想跟芸芸眾生一樣，找到一份別人眼中還不錯的工作。

記得大學的老校長曾說：「人一天只有二十一小時，剩下三小時來思考的。」如果我們願意安靜下來，從忙碌的日子中暫時放下一切，讓自己與外界隔離，不要著急，全世界就只剩下我們和自己。這時我們才會慢慢知道，生命想要召喚的是什麼樣的聲音。

Chapter

43

問題不在長大，在遺忘

我／30歲／男／丟掉東西的人

過年收假回台北的路上，我搞丟了自己的相機。

那時候正沒日沒夜地趕稿，好幾天都沒出門拍照。幾天後想起這件事時，才發現相機竟然不在原本應該在的老地方。

翻箱倒櫃、出動所有室友協助，相機還是沒個影。

沿著當天的移動路線按圖索驥，高鐵客服中心、捷運的遺失物中心、警政署的網路遺失物管理系統，甚至懷疑過自己是否根本沒帶回台北，打電話回老家還驚動了爸媽。

一邊心裡想著相機如果不見最糟的狀況：資料遺失、幾近十萬塊的財物損失、接下來的所有拍照活動安排調整。這怎麼可能會是真的？相機就應該要在老地方才是呀！

遺忘對大多數人，都是一件難堪的事，會引發焦慮而坐立不安。當時的我癱坐在床上，望著天花板眼神空洞，無神地傳訊給原本約好要拍照的夥伴。

我開始檢討自己，連一台相機都顧不好，要如何做一個有條理的人，管理好自己的生活、手邊的工作？過去累積出來的一點成果，會不會淨是運氣，會不會全是他人的憐憫與施捨？鑽牛角尖，越想越負面，到最後甚至懷疑自己是否根本不適合在高度效率與規範的城市裡生活。

後來我幾近放棄，開始思考相機真的遺失後要如何重新生活。在室友的鼓勵下，網路報案，準備去派出所調閱監視器畫面。

報案完不過十五分鐘，就接到派出所員警電話，相機在當天就被好心人撿到，保管在警察局裡。

「怎麼可能不見？」我們迷失，不在於無知，而是太過自信。從一開始的堅持己見，到後來的放棄妥協。這才發現，太過自信、太自疑，終究都成了錯誤一場。

溫暖的冬天午後，小小的派出所裡擠了六名員警。我坐在一旁的長椅等候區，看著每個人叩叩叩地敲著鍵盤，處理五花八門的遺失物，心中滿是感佩。一來覺得過年期間大家也掉太多東西了，二來是警政系統的效率竟能在十五分鐘內，緩解了我的焦慮。

「你忘在Ubike的籃子裡了。」派出所的員警說，感覺得出來他心裡在偷笑。那天提著媽媽愛的年菜北上，大包小包沉甸甸的，在停腳踏車的時候顧著左手的年菜，竟把右手原本應該一直背在肩上的相機給忘了。

我趕緊打電話給老家爸媽，卸去他們的擔心。「海水總是要碰到一點東西才有浪花，浪花之後也還會是平靜的。」爸媽不愧是老師出身，把所有的挫折都視為了一次成長的機會。

「你趕快去Sony官網登記註冊你的相機，我打給他們，發現這個機號沒有註冊，所以聯絡不到你。」謝謝警察在和平東路派出所裡給我上的這一課，我應當把心力放在日常管理的改善、重新調整自己，而不該過分鑽牛角尖、懷疑自己的能力，反而會弄巧成拙。

「不然如果你下次又把十萬塊忘在籃子裡，我也只能跟你說新年快樂了。」

Chapter

44

當我們慢慢走過

徐大／62歲／男／斜槓中年

去年公寓住進了一位特別的室友。他過去的身分是無家者，一位很特別的無家者。

徐大，他的工作很特別，一個禮拜內有時候要去菜市場幫忙理貨，也時常在社區看到他協助環境清潔。晚上經過饒河夜市，也見他在幫忙賣小吃，有時候萬華附近有廟會，也看得到他在陣頭裡忙進忙出的。

每位街友背後都有一個流落街頭的理由，可能是中年出了一場車禍而喪失了工作機會，或許純粹不想讓自己給家裡的人添麻煩，也有人就是想追求一個人不受管束的生活。

徐大過去無家的經歷快要三十年，我們沒有問他太多從前的故事。只見他一直都是一個相當樂觀的人，早上四、五點就起床忙東忙西，有時候弄到晚上一點多才回來。這幾年的時間，他一直跟著一間社會企業「人生百味」，在他們的協助下，接觸到許多工作與機會，更進一步來說，接觸到一般人所謂的「正常」生活。

萬華的艋舺公園聚集街友不是一天兩天的事。就附近社福團體的說法，早在清朝、日本統治時期，作為信仰中心的龍山寺，周邊的街廓自然形成人潮的聚集地，許多短期勞力需求、日薪工作會在此招工。時至今日，每天透早依舊有許多工作需求在此派遣，派報、房地產的舉牌廣告、營建勞力等。而為了掙得每日的溫飽，自然形成附近聚居的型態。

比起有一搭沒一搭的日子，徐大對生活的期待，反映在他對環境的渴望。他大可和同儕一般，有工就做、沒事就喝酒打牌、閒晃流連。但他選擇跟社工、跟非同溫層的年輕人在一起，雖說不上鬼混，卻期待能為生活帶來不一樣的改變。

在人生百味的媒合下，徐大住進我們的公寓，脫離了街友的身分。一開始室友沒有太多反彈，反倒是對這位新朋友很新鮮，招呼他、為他慶生。

最緊張的人是徐大自己。想想也不難理解，一個離開「正常」生活、流落街頭三十餘年的人，要重新回到「家」，重新與人建立信任感與歸屬感，那是多麼大的心理突破，這可能是我們從未想過，也從未經歷過的。

「謝謝你們，沒有覺得我哪裡不一樣。」在入住兩個月後，某天早上他對室友說。

「沒有啊，住在這裡，我們每個人都不一樣。」室友的回答，耐人尋味。確實，住在這裡的每個人，都帶著一個理由或夢想來到這座城市：有社運工作者、夜班櫃檯，有文字作家，也有比特幣工程師，大家因為有緣所以在同一個屋簷下相互照應，一起面對每天生活的挑戰。

當我們剛到台北打拚，我們肯定要的是一個好的生活環境，軟硬適中的床、陽光灑進來的百葉窗、可以做喜歡事情的小角落。但一兩年過去了，我們最想要的，不過是希望夜晚回到家時，可以不用一個人打開公寓漆黑的燈，不用一個人咀嚼白天憔悴的面容。

我們常常怪街友為何沒去想想未來，但大多數時間其實是我們常常忘了思考人生。「長的是磨難，短的是人生。」荒廢可以長達一生，當我們選定一條路踏上旅途，那堅持能長達多久？

對六十二歲的徐大而言，人生過得好不在於能過多少日子，而是怎麼樣去生活。如果當成混日子，人生很快，也很無聊。時間的長短在人生的尺度裡不是真正的含義，而是在不斷克服的過程中，我們已經慢慢地走過了很多的路程。

板信商業銀行

9floor

國家圖書館出版品預行編目資料

借一段有你的時光：我們用青春打造的城市風景 / 法呢 著. -- 初版. -- 臺北市：皇冠, 2020.06
面； 公分. --（皇冠叢書；第 4847 種）(有時；11)
ISBN 978-957-33-3543-6（平裝）

863.55 109005931

皇冠叢書第 4847 種
有時 11

借一段有你的時光

我們用青春打造的城市風景

作　　者—法呢
發 行 人—平雲
出版發行—皇冠文化出版有限公司
台北市敦化北路 120 巷 50 號
電話◎ 02-2716-8888
郵撥帳號◎ 15261516 號
皇冠出版社（香港）有限公司
香港上環文咸東街 50 號寶恒商業中心
23 樓 2301-3 室
電話◎ 2529-1778　傳真◎ 2527-0904
總 編 輯—許婷婷
責任編輯—蔡承歡
美術設計—嚴昱琳
著作完成日期— 2020 年 4 月
初版一刷日期— 2020 年 6 月
初版二刷日期— 2020 年 6 月
法律顧問—王惠光律師

讀者服務傳真專線◎ 02-27150507
電腦編號◎ 569011
ISBN ◎ 978-957-33-3543-6
Printed in Taiwan
本書定價◎新台幣 380 元 / 港幣 127 元